瓦釜虫鸣集

瓦釜虫鸣集

周家望 著

北京出版集团
北京出版社

图书在版编目（CIP）数据

瓦釜虫鸣集 / 周家望著. — 北京 ：北京出版社，2023.8

ISBN 978-7-200-17828-9

Ⅰ.①瓦…　Ⅱ.①周…　Ⅲ.①诗词—作品集—中国—当代　Ⅳ.①I227

中国版本图书馆 CIP 数据核字（2022）第 253732 号

瓦釜虫鸣集

WAFU CHONGMING JI

周家望　著

*

北京出版集团
北京出版社　出版

（北京北三环中路 6 号）

邮政编码：100120

网址：www.bph.com.cn

北京出版集团总发行

新华书店经销

鑫艺佳利(天津)印刷有限公司印刷

*

850 毫米×1168 毫米　32 开本　7.625 印张　110 千字

2023 年 8 月第 1 版　2023 年 8 月第 1 次印刷

ISBN 978-7-200-17828-9

定价：39.80 元

目录

序

美真兼得“煮清香”

彭　俐

周家望的旧体诗，二十多年来，时常读到。他饶有兴味地写，我饶有兴趣地读。我们既是一个单位的同事，更是彼此欣赏的诗友，“我见青山多妩媚，料青山见我应如是”，诗中情，略相似。十三年前，他的第一部诗集《茶月诗情》出版，喜读之余，我便在《北京晨报》的副刊上，以《茶香月明家望诗》为题，向爱诗的朋友们推介了这位颇有才气的行吟诗人。2022年中秋之际，家家欢乐，尽望明月，天地一片澄明，心中了无纤尘，蓝夜无边，友情深湛。当此花好月圆之夕，喜读他即将付梓的第二部诗集《瓦釜虫鸣集》，与2010年出版的第一部《茶月诗情》相比，诗意愈浓……

家望是个“出头儿老”——他自幼习旧体诗，忘情格律，痴迷平仄，苦吟不辍，小有名气，大有所成。他曾对我说，首都师范大学的王世征教授、澳门大学的程祥徽教授、中国作协的陈建功先生，是他学诗路上的“三盏明灯”。在名师照灼之下，家望的诗路温暖而明亮，得以在正途上不断地追寻正果。

诗人需要一个“有趣的灵魂”，要有情、有思、有爱、有想、有欲、有念、有喜、有怒、有悲、有惊、有哭、有笑……写诗，不是板起脸来说教，不是堆起笑来献媚，不是无病呻吟，不是东施效颦，不是舍其本逐其末，不是逞其能炫其技，不是寻章摘句老雕虫，不是佶屈聱牙嚼蜡头。诗，失其真，舍其美，不如不写。家望的诗，美真兼得。在家望的诗中，巧思妙趣时时闪现——“红云一捧秋山艳，紫气三分曙色明”，紫砂壶之美跃然！“泉淙琴次第，石暖鸟徘徊”，似入唐诗之境。“人生安好处，万里亦家山”，可谓旷达之情直抒胸臆。“蜀中多少农家子，庆幸秋风五丈塬”，是对正统史观的反弹琵琶吗？“古心常向清宵寄，枕上欣逢孟浩然”，神接古人妙语，读之能不会心一笑？

读唐诗有味，读家望诗有唐诗味，其味高古；读宋词有趣，读家望词有宋词趣，其趣翻新。

在此试举一例：千年虎丘塔（建于北宋建隆二年，即公元961年）何其有幸，它自建成以来题诗代有才士，而此中脱颖者应有家望。其诗《咏虎丘塔》（五言排律）超拔之气沛然，使人引颈翘首而感慨咨嗟——

吴郡云岩塔，千年东北倾。深林形在望，绝顶势峥嵘。景自三层阔，风从八面生。重檐接碧落，莲座掩黄英。云起身归隐，月来影纵横。桥青石着色，钟远夜添声。古寺尘缘近，禅堂世事明。山南灯火处，万点映长庚。

一首气势雄浑的五言排律，与千年虎丘塔相得益彰。此诗联律工稳，起承转合，铺排开去，与虎丘上的七级浮屠形成动与静、虚与实的对比美感。诗如塔立，塔如诗排，其灵动的韵律之美，景深的宏阔之美，在读者的脑际飞升："景自三层阔，风从八面生"；"云起身归隐，月来影纵横"，千年岿然不动的古塔，竟是如此变幻多姿，何其妙哉！自古排律之作多流于堆砌死板，鲜有名篇，能在法度森严的形式美上，自如地表达诗人思想感情，仿佛戴着镣铐舞蹈而自得其乐，已属不易，而“古寺尘缘近，禅堂世事明”一联，分明对云岩寺的烟火气语带机锋，尤为难得。

品鉴、衡量一篇当代人所作旧体诗歌的优劣，有一个简单易行且屡试不爽的方法，那就是看你在朗声诵读一遍之后，是否不觉得口齿磕绊、舌头打卷，也不感到意念模糊、隔膜一片，是否还有兴致想要再读一遍？再读，再读，再读，三五遍、七八遍地吟唱之后，舒畅的心情不减反增，犹如白鹳引吭、金蜂啜蜜一般，美滋滋地感受到一种高雅音乐的往复循环，如同一部交响乐程式化所提供的起承转合，音符串联的曲调起伏跌宕于耳畔，意象编织的彩绘错落缤纷于目前，而那种心灵陶醉的感觉久久盘桓，且挥之不去，如同用了酽茗醇酒，飘飘然与神明相遇，分明向东海三山而去，又像奔西天昆仑瑶池而来……此时此刻，谁能分得清人间仙界的分野？谁能知道尘世天堂的挡板？只是觉得“抑志而弥节兮，神高驰之邈邈”，似无古无今，而又无远弗届……读家望的诗，读到会心处，或“欲辨已忘言”。

再看家望兄的词作，至少豪放时有“苏辛”之口吻，婉约时见“柳秦”之风致，若说到了足以乱真的地步，或许言过其实，但其词味之隽永，却可思接先贤。下面这首《行香子·夜宿扬州》，让我喜欢得坐不住，乃至手舞足蹈——

水月如灯，来照烟塘。青丝柳，拂拭山房。寒蛩浅唱，回绕堤廊。向五亭桥，大明寺，小凫庄。

重游故地，楼台依旧；绿杨春，一样清香。倏然六载，鬓染微霜。念韶华浅，人易老，转苍凉。

古人咏月的诗篇，远远多于描写太阳和星星，这是一种十分有趣的文学现象。而且写月亮的大家、高手实在太多，让今人不好下笔，或无处下笔。李白有“白玉盘”的想象，李贺有“月似钩”的描摹，白居易有“月似弓”的刻画，李商隐有“月光寒”的感知，杜牧有“好烟月”的咏叹，米芾有“向西轮”的书写，如今，家望以“水月灯”咏之，岂不善哉！喜欢细品这首词中的三种味道，既是茶味，也是禅味，更是诗味——“温润”“醇厚”“清爽”。同时，也向往词中所蕴含的一种生命气质和精神境界——“安静”“纯净”“虔敬”。这也正是家望兄平时为人处世的常态，或者说是情怀。他是那

种能够把诗歌的意境带入生命和生活中的诗人，是真诗人，是内外一致而又通透的难得的诗人。还是前边那句话，家望的诗，美真兼得。

周家望所创作的诗歌，体裁和题材一样“热闹有趣”。这部诗集，精选了他十二年的创作篇什，其中既有唐式格律诗、宋式长短句，也有汉代乐府风格的古风、歌行，乃至元散曲、明昆曲样式的杂糅。看得出，这位仁兄有意识地力求推陈出新，不拘一格，力争做到土洋结合，古为今用，从而雅俗共赏又耳目一新。例如《雅典行并序》《甲午教师节偶得》《篁岭行》《戏题二月初一雪》《梅梦西溪》《梦中思》等，或国内观览，或世界旅行，或节日感怀，或季候吟唱，或民胞物与，或同调唱和……大千世界，皆为诗苑；百代岁月，可作词坛。我们不妨择其一首颇有特色的古风《扫地婆》，来略作评析，一见诗的标题，便令人莞尔——

花飞叶落动诗心，街头吟哦街尾寻。街角转出扫地婆，手把扫帚步轻挪。橙色工装宽且大，高挽袖面三寸多。额头汗湿贴鬓发，鬓发苍苍背微驼……亡夫走后空寂寂，作息出入惟一人。村居翁媪沐良政，一月百元养老金。算来三元一日度，何期肉蛋可沾唇？纵有小恙不问医，姜汤热水自己愈。人虽古稀不觉老，腰板能直臂能举。忽然村中招工友，纷纷城里扫街去。月薪三千上三险，包吃包住无多虑。虚报年龄五十九，愿随同乡即日走……

至于这位可敬的、古稀之年仍愿自食其力的扫地婆后事如何，家望自会一一告知。我想说的是，这是21世纪现代版的白居易《新乐府》吗？白香山笔下的翁妪多是悲剧形象，而家望叙写的“扫地婆”，或许是一个更为复杂的悲喜参半的文学人物，此中一脉相承的，是关注底层百姓、关切民生的诗家情怀。记得家望书房里曾撰写过一副对联“窗外王维景；心头杜甫诗”，表达了诗者即使生活在恬淡闲适之中，也仍心怀黎庶、心忧民艰的士人心境。

最后，我想说的是：写一首新诗，识字三天可也；写一首形神兼备的旧体诗，读书三十年或许不够。

这是因为旧体诗不仅仅是古体韵文，还是数千年中华古典文化、历史沿革、学术传统、天文地理、典章制度、思想信仰、民间风俗的凝结与浓缩。不具备广博渊深的学问功底，包括文学、史学、哲学“三位一体”的丰厚知识，就连读懂古人诗作——《诗经》《楚辞》，乃至汉赋、唐诗、宋词、元曲等都显得吃力，更不要说严格遵照古典诗歌的格律来创作。

古典诗词是中华民族的文学古董，仿佛琳琅满目的精金美玉，我们要不断地在内心擦拭它们，感悟它们。

这还不够，还要尽己所能不断地创造出崭新的珍贵物件来，才能对得起祖先的血脉传承。正是由于以上的思考和想法，当我再读家望诗集《瓦釜虫鸣集》的时候，自然会带着更加凝重的思绪和更加敬佩的心情，也借此向所有喜爱旧体诗词的中外读者朋友致敬！

作者系北京日报社高级记者，诗人、评论家。

辛丑顾曲

十月初二秋雪有感（古风）

田中泥尚厚，点种已然迟。
夏收何所刈？来岁何所粢？
昨夜送寒衣，今宵秋雪弥。
微信满屏白，无问农人思。
茫茫遍古原，乌鹊避鹰鸱。
彤云下疾风，幽州台上吹。

半百自题

五十春光五十秋，草堂天地一沙鸥。[①]
衔诗过海非精卫，负卷归巢遇孔丘。
暮雨低吟侵病翼，酸风长啸射双眸。[②]
浮云蔽日寻常事，[③] 万古惊涛今未休。

① 见唐杜甫《旅夜书怀》:“飘飘何所似，天地一沙鸥。”

② 见唐李贺《金铜仙人辞汉歌》:“东关酸风射眸子。”

③ 见唐李白《登金陵凤凰台》:“总为浮云能蔽日，长安不见使人愁。”

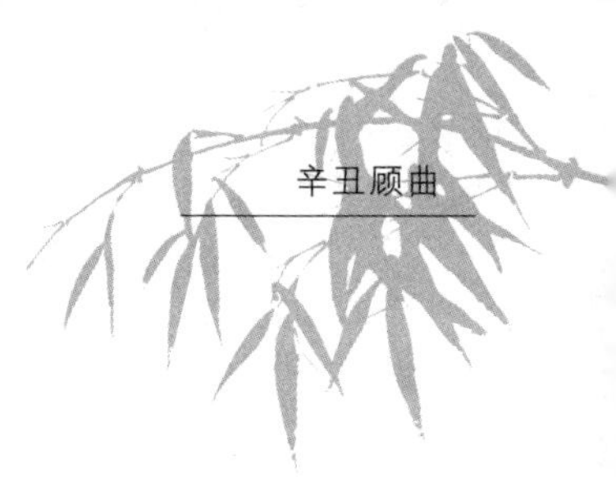

上　巳

醒来夜半咀诗枚，感应星天春又回。
上巳清新成漫忆，即今谁与共流杯？

二月初四沙尘暴里见早樱

拚[①]尽身心蓄一冬，不辞风雪更从容。
馨香在骨春先至，沦落沙尘暴里逢。

① 拚，音pàn，舍弃之意。

二月初七霾中春

一场泥雨一场霾，多少春心无处排！
日落虞渊[①]蒙月镜，帘垂斗室掩襟怀。
辚辚车海堆驼色，寂寂花丘傍老槐。
向晚星灯成幻化，陈茶旧墨冷书斋。

① 虞渊，日落之处。

早　春

流云晴雪两依山，寒水惠风抱一湾。
柳借莺声啼晓日，桥随烟影入乡关。
天开图画人先至，鱼吐诗行梦已还。
浪漫东君[1]应笑我，春光原本在心间。

① 东君，太阳。

此诗载于《中华辞赋》2021 年第 6 期

正月廿八雾中登楼

云山瘴岭恨无戈，天地悠悠奈若何！
半信人生应是梦，方知岁月不堪磨。
春雷默默风失语，芳草迷迷水驻波。
百尺高楼难远眺，心中雾比眼前多。

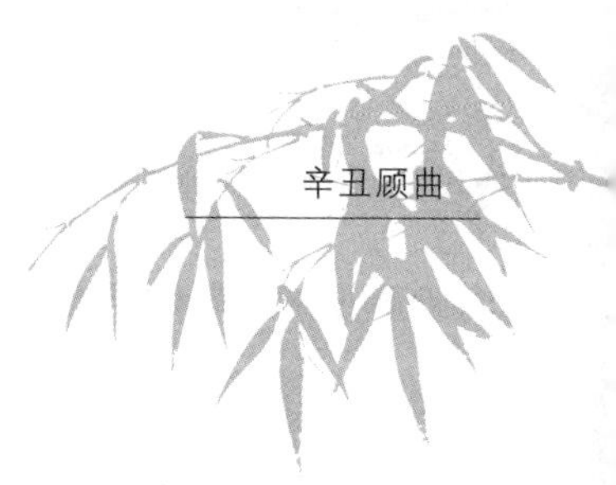

水仙图

爱花人即眼中花，碧玉枝头一抹霞。
甘露轻挥新雨润，春窗慢启惠风斜。
闲书在手香生蕊，暖意盈怀味入茶。
信笔凌波成素影，冰肌[①]玉骨是谁家？

① 冰肌，见宋黄庭坚咏水仙诗："寒香寂寞动冰肌。"

二月十六沙尘暴来袭

新柳鞭风花满尘，燕山二月苦逢春。
老槐不语闲田叟，连翘躬身旧媵人[①]。
障目阴霾藏市肆，吼天沙暴卷星辰。
岑高[②]至此彷徨久，瀚海阑干[③]幻亦真。

① 媵人，侍婢。

② 岑高，指唐著名诗人岑参、高适。

③ 瀚海阑干，见唐岑参《白雪歌送武判官归京》："瀚海阑干百丈冰，愁云惨淡万里凝。"

清明回乡祭祖

浅草初花晓雾中，疏林仍与旧年同。
春泥钤印沾新履，纸锭升烟篆半空。
龙背祖茔眠七世，家山梦境过千鸿。
挥锨恭筑三层土，断续鹧鸪二月风。

嘉兴月河古街

粽香暖暖雨濛濛，檐瓦断珠唱晓风。
古巷轻烟吹不去，太平桥畔月河中。

嘉兴月河

月河钩月古桥间，灯影歌声共一湾。
今夜禾城[①]多少爱？苔痕新绿水淙潺。

① 禾城，嘉兴别称。

此诗载于 2021 年 5 月 3 日《北京晚报》第 16 版

禅院赏春

山寺牡丹采蜜蜂，一番禅趣两从容。
春风更著婆娑意，小雀清啼下古松。

扫地婆（古风）

花飞叶落动诗心，街头吟哦街尾寻。
街角转出扫地婆，手把扫帚步轻挪。
橙色工装宽且大，高挽袖面三寸多。
额头汗湿贴鬓发，鬓发苍苍背微驼。
败叶残花总随伊，未入诗行先入箕。
相邀驻足谈数语，榆下浓荫暑消弥。
满面皱纹先带笑，自言七十尚有奇。
家住开封汴河畔，世代耕农世代饥。
晚年光景渐次好，儿女成家各安身。
亡夫走后空寂寂，作息出入惟一人。
村居翁媪沐良政，一月百元养老金。
算来三元一日度，何期肉蛋可沾唇？

纵有小恙不问医，姜汤热水自己愈。
人虽古稀不觉老，腰板能直臂能举。
忽然村中招工友，纷纷城里扫街去。
月薪三千上三险，包吃包住无多虑。
虚报年龄五十九，愿随同乡即日走。
收拾行囊关门窗，时维春分岁辛丑。
工头率队且离家，千里来京入繁华。
公司经理皆和善，鞋帽工服新发下。
宿舍空调暖气全，胜过老家土炕沿。
馒头稀饭酱菜咸，早餐用罢上白班。
中午馒头就炒菜，荤素搭配更解馋。
菜里肉片美无双，嚼在舌边不忍咽。
问伊长街几回扫，只言不使脏落脚。
饱暖但思尽职守，路清地净灰尘少。
春暮海棠摇落英，枯枝急雨下梧桐。
道无积水宜长走，径有长椅好吟风。
白领健身费万千，扫街强体反挣钱。
半年薪酬一万八，想买机票飞回家。
待到深秋归故里，村妪面前可自夸。
老来都市圆一梦，楼宇任我往来频。

华灯知我胜路人，照我身影懂我心。
七旬洒扫千里外，自食其力日日新。
冷暖非关濠上客，[1] 悲欢不外草中民！
他年将逝还遥忆，曾扫天街一段尘。

① 典出《庄子·秋水》。取其“子非鱼，安知鱼之乐？”之意，指自得其乐也。

疫中春访灵隐[1]

佛陀端坐不曾言，罩口群生祝祷喧。
得道香樟枝上雀，也来殿角颂经幡。

① 灵隐，即灵隐寺，在杭州西湖之畔。

三月初四沙暴来袭

惊雷一恸卷狂沙，万里黄风可有涯？
何日沉疴吹得去，昏昏暮色噪群鸦。

西山晨游

杏儿枝上已青青，小试微酸碧玉形。
树影轻摇风举目，远山新展翠云屏。

京西周云端塔[①]

弘治浮屠五百春，名僧圆寂了红尘。
禅林空在山林下，不见衣钵不见因。

① 周云端塔，位于北京西山大觉寺外西北向。周云端，又名周吉祥，曾于西山大觉寺出家，圆寂于兹。其堂姊为明宪宗之母周太后。

三月初六大觉寺饮茶

四宜堂外绿生香，渐次繁花叶底藏。
吴语茶人忙焙火，心游几度到钱塘。

三月初七佛寺丁香

丁香如结叶如心，古寺清修共梵音。
殿角经堂方丈外，沁芳无处不禅林。

三月初八咏杨絮

卧云堆雪暮春时，争奈因风上鬓丝。
乱眼浮花如往事，书生半老忆迟迟。

访嘉兴塘汇

李氏祠堂①何处寻？嘉兴城外降春霖。
乡愁两度来塘汇，谁与巴金一样心！

① 李氏祠堂，嘉兴城外塘汇旧有李家祠堂。巴金先生在沪求学时尝两度于此寻根谒祖。祠堂今已不存，辟为学校操场。

此诗载于 2021 年 5 月 3 日《北京晚报》

三月十七访田庄村

青山引路土蜂飞，胜雪流云下翠微。
紫叶香椿频拱手，海棠三五笑成堆。

《北京晚报》五色土副刊同仁巧遇京西五色岩[①]

信有女娲藏玉函，京西深谷定非凡。
读书人遇读书事，五色土逢五色岩。

① 五色岩，位于京西门头沟田庄村西三里路北侧，沉积岩自然形成五色，令人称奇。

月　季

水仙开后腊梅黄，让罢桃花让海棠。
谁道荼蘼春事了？[①] 四时红绿散奇香。

① 宋代王淇《春暮游小园》有句“开到荼蘼花事了”，反其意用之。

贺霍雷兄五十六寿（排律）

五十六年前，祥光绕鹿城[1]。
玉璋添霍府，才德续家风。
负笈经秦塞，怀仁入帝京。
从文交谊厚，共事是非明。
鹤发如霜素，童心比水清。
春雷惊蛰后，斗转向长庚。

① 鹿城，即包头市。包头，蒙古语为“包克图”，意为“有鹿的地方”。

四月初十书屋茉莉初放

每见高贤谈报章，窗边桌角带文光。
我花深读春长夜，晨与群书共室香。

六月初二雨中忆旧

浓云翻墨吻房檐，窗北窗南放雨帘。
玄鸟迷空时抖翅，红鱼潜叶偶摇缣。
微凉旧砚怀人远，轻苦陈茶属意恬。
廊下海棠曾记否？仲春双影共西崦[①]。

① 西崦，西山日落处。

六月暮雨行吟

马莲一簇雨中思，点点晶晶句句诗。
湿径闲开偏向晚，凉风吹散正当时。
云侵燕赵低将坠，水漫中州[①]远亦知。
报道今宵伏汛骤，人间否泰可参差？

① 中州，河南。

游嘉兴运河

解缆虹桥外，扁舟向古村。
野凫知水阔，风雨不留痕。

梦中思（古风）

家望长夜九霄临，真亦幻时幻亦真。
真亦幻，蓝色星球重云漫，故园有根浑不见。
幻亦真，天宫在轨绕地巡，回看银河星无垠。
凡间万物何渺小，人亦蚀行数十春。
坐地常思身是主，观天偶悟己非尊。
此世之前谁是客？此生之后是何人？
汪洋无际非川汇，长风万古岂蝶振？
宇宙万象无多知，所见难言虚实分。
虚实不辨月照水，对镜不识是己心。
人心己心何所似？云滚风翻眼蒙尘。
少陵引我向长安，曲江千年看不穿。

鲜衣怒马飞紫陌，往来依然五陵客。
浮云之上皆富贵，翠釜玉盘盈海味。
低棚矮户病榻前，药尽囊倾泪空对。
一夕洪水下中州，稼穑摧残俱绝收。
洪灾未已瘟又至，千村闭户百市休。
唐人不知微信事，灯枯酒尽诗添愁。
百代一瞬同一梦，野老余歌参差是。
君可知，晨窗外，浓霾如梦天地间，大千一如混沌日。

中秋思亲感赋

今宵不忍见清光，一样清光在故乡。
先考中元归那世[①]，古村新塚结初霜。
荒郊浅唱蛩为伴，渠水低回草尚香。
皓月知心休慰我，沾襟昨夜雨凄凉。

① 那世，指另外一个世界。

如梦令·暗夜

枕上车驰风疾，
楼道皮靴拾级。
暗夜眼常开，
阿母上房太息。
秋夕，秋夕，
耿耿星河无极。

将晚秋雨初霁

金海来天外，光芒涌赤波。
秋山无限秀，雁字有时多。
霜气弥千界，烟云共一蓑。
诗心何壮阔，对此怅荆歌[①]。

① 荆歌，即楚歌，指楚狂人接舆之歌。见《论语·微子》。

晨游偶得

暖阳初朗照，树干起晴烟。
数日连绵雨，今朝旖旎天。
浮云灰渐白，霜叶赤将燃。
苍鬓临秋水，孤心近悱然。

无　题

易水河边曲，幽州台上风。
古来慷慨地，常与壮心同。

枕上吟得

九月初三寒露夜，云遮弓月雨敲心。
梦来撑起一江水，浪里沉浮风满襟。

九月望夕有感

魂灵应与月光同，过往将来天地中。
留得一身清净气，云鞋素袜踏高风。

雪　鹰

振翮燕山际，雄姿何矫然！
朔风吹更劲，圣火跃尤燃。
玄影超千仞，长城镇永年。
旗云连塞北，乘势欲争先。

枕上闲吟三首

一

十月初三夜不同，金星如弹月如弓。
西南天际白云外，鹤影何时上碧空？

二

念念香河几树花，商风秋雪逐黄沙。
小园清冷无人在，百里空余一处家。

三

台灯伴我半昏黄，无计今宵入梦乡。
困眼时开千百遍，寻诗更觉夜幽长。

金银木秋结红豆，吟得二首

一

珊瑚温润赤珠明，颗颗相思粒粒诚。
多少痴心来树下，凝神不语影茕茕。

二

金风丽日宝蓝明，红豆千枝自枯荣。
此物最宜人独看，相思些许不伤情。

晚秋行

韵脚沙沙踏叶吟，晚秋曲径漫铺金。
海棠秋果太平鸟，日影晴烟静谧林。
石座尚温连草色，笙歌渐远起风音。
吾心不与浮云似，老杜[①]孤怀何处寻？

① 老杜，唐代诗人杜甫。

品 茶

素手温煎老白茶，清香弥散案头花。
小鱼水底偷偷看，何物杯中艳若霞？

陈皮饮

新会奇香枝上来，廿春静守一朝开。
举杯轻啜低声问：可是任公[①]昔日栽？

① 任公，梁启超，近代启蒙思想家，广东新会人，号任公。

柴犬（古风）

胸中半柄剑，身后一尾长。
夜半剑犹鸣，平明尾夹裆。
且羞求食吠，摇尾色憧惶。
冷炙残羹饭，但得果饥肠。
时见主人叱，厉声似虎狼。
看门身弱瘦，无力牧群羊。
项上锁绳链，毛稀磨渐光。
老来无用处，枯坐对斜阳。
曾忆幼年时，书香嗅欲狂。
案头常踯躅，枕卷梦黄粱。
史册多豪杰，生无媚骨藏。
顾影心无迹，老来空嗟伤。
明明柴犬命，何故近文章！

大雪节气吟得

疏林寒气掠晨光，岁杪何如日照霜！
众鸟惊风非旧识，孤鸿来梦是新伤。
尘书冷砚无聊写，泥履疾车故意忙。
大雪之期晴万里，近心远水总平常。

冬晨堵车随感

白日霾中面色沉，林梢寂寂意森森。
霜侵衰草千冬冷，鸟守寒巢一片喑。
腰疾不弯形似士，喉干无语默如金。
车窗雾满迷前路，明灭尾灯胜我心。

冬　至

不分天宝与贞观，冬至晨光万古寒。
独老少陵[①]江上客，孤单白氏[②]驿中餐。
转蓬心似深长夜，残梦人同寂寞兰。
十七孔桥[③]悲日落，金光一瞬莫凭栏。

① 见杜甫《冬至》:“江上形容吾独老。”

② 见白居易《邯郸冬至夜思家》:“邯郸驿里逢冬至，抱膝灯前影伴身。想得家中夜深坐，还应说着远行人。”

③ 十七孔桥，位于北京颐和园内，连接东堤与南湖岛，有洞十七券。冬至左近落日前，可见“金光穿洞”奇景，为众多摄影者痴迷。

冰　花

一丛霜竹满寒窗，到晓冰花未有双。
风骨天然浑似玉，清心静气近梅桩。

临江仙·冬月廿二寒潮

万里凝云飞不动，月儿冻去半边。
清宵瑟瑟古星寒。
迎风非远客，路上俱团团。

铁线槐杨空恣肆，昏鸦敛翮三缄。
凭栏远眺冷山前。
临窗逢老杜，高卧遇袁安。

岁杪感赋

山河无恙否？日月又新屏。
宅卧思霞客，神游近斗星。
何悲满镜白？且喜数根青！
宿疫经双岁，人生已径庭。

庚子幽叹

临江仙·庚子上元

冻彻清寒冰冷月，幽光独落人间。
轻霾残雪倍凄然。
上元孤寂夜，无绪计流年。

鹤唳江城[①]千里外，声声如在窗前。
几回庚子庆团圞。
街灯空巷陌，相照待君还。

① 江城，此指武汉。

步鲁迅《无题》韵和朱小平先生《雪二日独吟》

昨夜心无续，扶窗看绛云。
燕山春冷寂，楚地[①]病沉惛。
六出天低落，三更梦独吟。
读君屈子句，掩卷接清森[②]。

① 楚地，此指武汉。
② 清森，清净幽深意。

上元新冠肺炎肆虐家中独吟

燕山戴雪士同袍，时疫上元画地牢。
此夜应从三五计，斯年却付万千劳。
童心尚在浮圆子[①]，国运相期柳叶刀[②]！
白月苍天多舛日，今宵不忍试青毫。

① 浮圆子，元宵也。

② 柳叶刀，手术刀，代指医学。

梅梦西溪（古风）

梅花百树万行诗，心在香寒句在枝。
雪蕊新成工尺谱，霜姿恰到踏歌时。
梦来忽忆西溪曲，溪头溪尾开未已。
静水扁舟随处泊，仰观天际云初起。
山岚缱绻风旖旎，幽香断续影迷离。
闲庭苔浅生青色，别院琴声偶染衣。
三弄[①]今闻尤醉我，多情几度甚于此！
黎明信使春留住，珍重梅妻呼鹤子。[②]

① 三弄，古琴曲《梅花三弄》。

② 典出宋代林逋，种梅养鹤为伴，终生不娶。

悟道感怀

发微心力起青蘋，[①] 千里海鲲出北冥。[②]
笔底烟霞通远道，匣中剑气射长星。
山河地理沉思录，肝胆襟怀座右铭。
动静等观[③]何所似？莲花台上一蜻蜓。

① 典出宋玉《风赋》，青蘋之末，即细微之处。

② 典出庄子《逍遥游》。

③ “动静等观”，北京大觉寺内无量寿佛殿匾文，意为佛心自在，动静相对。

赏兰呈世征师

自信平生随遇安，林泉涧壑等闲观。
英华更与君心似，濡翰临窗一墨兰。

以上五首载于《中华辞赋》2021年第6期

西江月·庚子暮春望月

几树海棠西府，一轮明月东山。
花前月下此时间，几次人生得见？

肺疫真如炼狱，命途难再从前。
良辰美景奈何天，[①] 空对孤灯一盏。

① 语出昆曲《牡丹亭·游园惊梦》之〔皂罗袍〕。

宸垣怀古

永乐营城六百秋，[①] 衔山抱水起龙楼。
天坛缥缈闻钟鼓，太液濛溶映斗牛。
五色土丘神处聚，三希堂墨晋时留。
万宁桥[②]上多情客，观复玉河[③]日夜流。

① 明永乐十八年建成北京城，距今六百年。
② 万宁桥，元代建，又称后门桥，位于北京城中轴线上。
③ 玉河，即通惠河，北京城内部分河段之称。

小园晨练见雨后苍苔

谁家三尺绿丝绒？遗落松间碧一丛。
万种相思新织就，感时溦雨感时风。

六月廿三京城豪雨

魏征昔日斩龙王，[①] 行雨长安济大唐。
北国今朝天水泻，何方豪士剑如霜？

① 典出《西游记》。

七月十八马栏村[①]赞

太行余脉起雄风，荡寇京西第一红。
壁立千峰军挺进，川流百代势腾冲。
铁衣铜骨刀头血，霜岭梨沟月下弓。
水畔斋堂皆热土，松鸣山吼震长空！

① 马栏村，古村落，位于门头沟区斋堂深山。

以上三首载于《中华辞赋》2021 年第 6 期

十月初七雪中即景

乍落东湖雪尚温，河中白气赴前村。
烟桥水岸空梅柳，湿径云泥共晓昏。

十月十五题茉莉花开

白袍学士抱香来，三朵三朝次第开。
陋室心花曾怒放，南阳西蜀两雄才。①

① 此指诸葛孔明、扬雄。典出《陋室铭》。

大雪后三日闲吟（新韵）

闲居暖室笑西风，半树青碧半树橙。
枝上螽斯①才振翅，请听月儿像柠檬。

① 螽斯，大型鸣虫通称。《国风 · 周南》有《螽斯》篇，北方称其“蝈蝈儿”。

不寐自题

醒来枯坐二更迟，暗室难寻半句诗。
底事不成还不寐，存心相忆复相知。
表针律动随残月，木榻低吟胜旧时。
愿梦今宵千万里，谢公宿处[①]有闲枝。

① 典出唐李白《梦游天姥吟留别》句："谢公宿处今尚在。"

冬至不寐

红茶约我度长宵，况是今宵最寂寥。
耿耿星河停冷月，幽幽分秒计明朝。
黄灯半照无眠枕，老眼常开守夜猫。
数九原从今日始，亭前垂柳岂堪描？[①]

① 冬至旧俗，纸上印"亭前垂柳珍重待春风"九字，字皆九画。自"一九"初日起，日描红一笔，至"九九"末日，九字描完，则气暖阳回矣。

岁杪拾得

诗箧经年半落尘，也无欢喜也无嗔。
枯肠每向清宵索，残卷常从乱绪巡。
宿墨黄灯三寸纸，青毫紫砚数行春。
行吟度日羚羊角，[①] 着意难逢梦里人。

① 即如羚羊挂角，无迹可寻。

以上三首载于《中华辞赋》2021 年第 6 期

暮游北海公园

冬月斜阳暗九龙，古槐疏影自从容。
冰磨太液开新镜，照见同心一老松。

腊月十三不寐

风起车驰夜辨声，大千窗外总兼程。
初停小雪霾犹重，久卧高楼梦更轻。
室有钢琴常默默，心无底事也铮铮。
床边暖气幽幽诉，信是寒宵最热情。

腊月十四夜望星空

谁人神箭射苍穹？夜幕穿开点点星。
料想光年三百万，通明朗照满天庭。

己亥春绪

正月初二游春

灵隐梵音催腊梅，拈香古刹早春回。
禅堂礼赞三身佛①，宝殿心听一默雷②。
西子湖边金蕊簇，北高峰③上碧云堆。
薰风醉我剥新笋，漫煮泉茶饮数杯。

① 三身佛，佛学术语，指三种佛身，即法身、报身、化身。
② 一默雷，见成语“一默如雷”，典出《大藏经》。
③ 北高峰，在杭州灵隐寺后，登高观景最佳处。

灵隐茶花

常闻佛法绽心花，甘露无边生有涯。
参透一枝禅院内，何须天汉①泛浮槎②。

① 天汉，即银河。
② 浮槎，指我国古代传说中往来于海上和天河之间的木筏。

灵隐郁金香

天醴[①]千杯日月长，殿前斟满郁金香。
花随佛法同行道，西土东来共一堂。

① 天醴，指天降的甘露。

正月初三谒西泠印社

刊颖[①]百年立祖庭，苍苔犹带篆痕青。
印泉[②]凝碧孤山寂，经塔[③]和光[④]古木荣。
石室[⑤]千秋传后汉，柏堂[⑥]一代振西泠。
东南文脉于斯盛，剔藓[⑦]群贤灿若星！

① 刊颖，即篆刻。

② 印泉，西泠印社内有泉名“印泉”。

③ 经塔，西泠印社内有华严经塔，为孤山制高点。

④ 和光，典出《老子》“和其光”。此处指经塔光影交融。

⑤ 石室，即汉三老石室。

⑥ 柏堂，因堂前古柏得名，为西泠印社主建筑。

⑦ 剔藓，社内有剔藓亭。见韩愈《石鼓歌》：“剜苔剔藓露节角。”

此诗载于《中华辞赋》2021 年第 6 期

正月初四访高庄

旧日竹窗①无计寻，高庄②重筑院深深。
寒塘虽有残荷伫，潇碧③何堪瘦影沉。
名士远疏台辅位，谀儒恭颂圣皇心。
门前一曲西溪水，自在东流直到今。

① 竹窗，清康熙南下杭州，至西溪，曾留书“竹窗”二字。

② 高庄，康熙朝翰林高士奇旧居，早湮没。西溪湿地景区复建之，乃用其名。

③ 潇碧，竹之美称。

西溪寻梅

一树江梅便是春，溪头溪尾冷香津。
桥边岸上摇疏影，宅后门前近旅人。
我遇芳林红入定，心随仙渚梦超尘。
水村新岁寒三友，花径敷诗到古邻。

谒利玛窦墓[①]

闷卧西郊四百春，倦听鸦雀扰心神。

君能不语真高士，墓上松风可度人。

① 利玛窦，意大利传教士，明万历十年来华。其墓在北京车公庄大街路南。

此诗载于《中华辞赋》2021 年第 6 期

逢春有感

早春时节已伤春，岂是花催白发新？

柳碎残云心照水，日裁长影鸟惊人。

山行古径来禅院，池起虹光掩世尘。

一刹千年圆大觉，穷通利钝俱非真。

上　元

上元古月照人间，千里春风天外还。
叠起山河冰雪被，红梅朵朵水潺潺。

春日二访杭州二首

一

元日西湖才试笋，明前东岸又闻莺。
苏堤多少春情绪，杨柳深深水纵横。

二

一冬烟雨锁杭州，寂寞孤山不解愁。
我至西湖春带笑，莺啼丽日闹枝头。

西湖水杉

水杉不语不争春，衬得花香柳映人。
信有雄心高百尺，观山望海阅红尘。

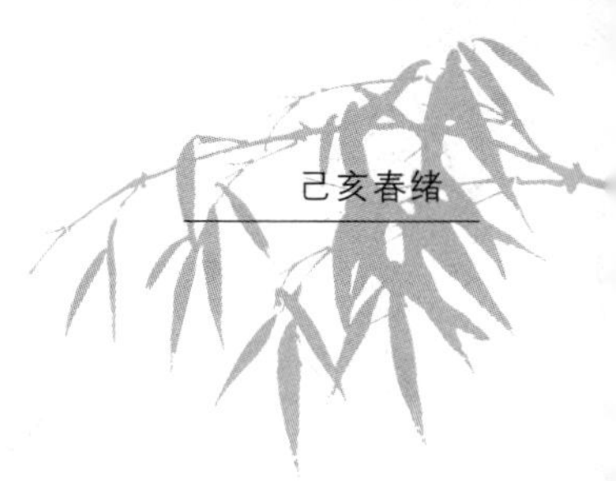

游湖四首

一

松鼠在枝予在舟，一湾芳渚两无忧。

尾长扫下花三朵，落到船边逐水流。

二

吐水鱼儿分句读，推波湖草展花笺。

堤为镇纸桨为笔，闲倚春山作一篇。

三

石桥闲坐看行舟，舟过桥心又转头。

桥上游人船上客，镜匣[1]相互可曾留？

① 镜匣，指照相机。

四

扁舟一叶一壶茶，虎跑泉烹龙井芽。

古柳清啼时举目，衔泥春燕到谁家？

以上四首组诗载于《中华辞赋》2021年第6期

明前临平湖秋月试饮

楼前新绿燕成双，秀水明山入小窗。
画舫扁舟来复去，随心直抵富春江。

文澜阁[①]小憩

池中红鲤梦中游，春满孤山书满楼。
小雀不该频唤我，文澜高阁接云头。

① 文澜阁，清乾隆年间，为珍藏《四库全书》而建造的全国七大藏书阁之一，位于杭州西湖孤山南麓。

茶　园

茶园春晓泛轻烟，能不遐思虎跑泉？
越女不知何处去，两三竹篓挂田边。

燕客游杭

京杭春色两繁华，烟水润心尚有差。
滴翠孤山完胜笋，斜飞酥雨[1]不输花。

① 酥雨，见唐韩愈诗《早春呈水部张十八员外》：“天街小雨润如酥。”

此诗载于《中华辞赋》2021 年第 6 期

龙井村畔

芰荷出水翠连山，烟树繁花共一湾。
何必丹青烦圣手，衔诗到此即乡关。

闲　枝

似锦繁花香满台，高光招引镜头来。
闲枝自有孤云趣，闪在墙边静静开。

光阴戏题

明月清风最灼心，人生苦短枉沉吟。
石崇范蠡巴菲特，也恨无方买寸阴。

宽沟[①]遇雨

山外雷声撞我怀，宽沟欲被黑云埋。
一时风雨齐收去，洗净溪湖好放排。

① 宽沟，在京北怀柔，风景绝佳。

宽沟暮色

拱手群峰邀我游，凌波暮霭送清幽。
一声云雀穿深谷，衔走俗尘些许愁。

伏天戏题

暑气蒸诗半句无，低头臂上读[①]咸珠。

花蚊凑趣先吟诵，风雅至今道不孤。

① 读，音dòu，取句读之意。

游世贸天阶

热风吹大暑，天地一蒸笼。

月隐霓光外，人游海市中。

书楼通柳绿，酒肆映灯红。

清兴惟冰啜，露蝉或与同。

此诗载于《中华辞赋》2021 年第 6 期

致敬袁隆平

禹王传稻七千岁，百姓生生三万年。

盛世无饥诚可待，袁公一力不闲田。

江城子·八月初九百日悼杨光

青春早逝不堪伤，幸同窗，有杨光。
三十一年，相契与云长。
钟鼓楼东胡同里，多欢谑，久徜徉。

秋风吹度漪澜堂[①]，水茫茫，月惶惶。
昨夜梦中，笑问可天凉?
信有蓬蒿知故意，思老杜，热中肠。[②]

① 漪澜堂，北海公园琼华岛北侧主建筑。杨光曾婚宴于此，受杨伯父达林公之托，余当日赞礼傧相。

② 典出唐杜甫诗《赠卫八处士》:“访旧半为鬼，惊呼热中肠。”

北燕南飞

秋雨西风白露天，星程万里意南迁。
单飞紫燕真豪气，不用行囊不用钱。

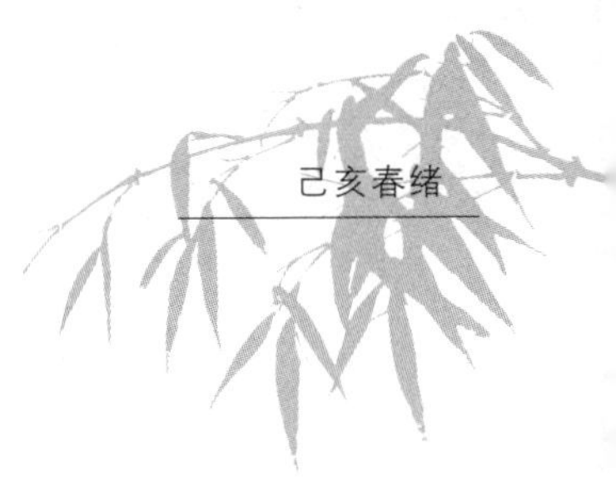

秋夜偶感

风不我知夜自知，寒蛩幽叹乍寒时。
霜侵叶落摧嘉木，人去台空觅旧词。
月泛青斑添老病，水生黄皱注闲诗。
浮云带泪非关雨，停笔须臾理鬓丝。

秋　晨

敲心冷雨声声慢，入梦秋诗字字真。
小雀晨窗衔我句，轻轻唱与早行人。

中　秋

玉宇琼楼换绮衫，婆娑桂树倚云岩。
姮娥若是思乡梓，千古缘何不下凡？

以上三首载于《中华辞赋》2021 年第 6 期

枯 荷

折取湖边几处秋，霜姿瘦影不知愁。
墙如玉版[①]斜阳下，水墨欣然半壁留。

① 玉版，指玉版宣纸，半生熟，质厚而坚，光洁如玉。

文 房

毫端斜卧矮云床，讪笑砚田行墨忙。
臂搁水丞[①]争走马，裁刀镇纸胜游缰。
泥金[②]散放千山菊，雪浪[③]推开万里霜。
案上春秋成大统，[④] 老夫聊发少年狂。[⑤]

① 水丞，文房用具之一，贮砚水，置于书案之上。
②③ 泥金、雪浪，即泥金纸、雪浪纸。
④ 化自鲁迅诗《自嘲》:“躲进小楼成一统。”
⑤ 借苏东坡《江城子 · 密州出猎》句。

浣溪沙·绿玉婚[①]

廿载三春可觉长？
一如钩月照寒窗。
清秋静好染微霜。

旧照灯前花镜下，
香茶案角暖炉旁。
膝边闪出小姑娘。

① 结婚廿三载，谓之绿玉婚。

九月廿九读诗偶得

隐市应非易，归田名利空。
荷锄时戴月，饮酒自临风。
菊影南山下，幽心鸟语中。
古来倾五柳[①]，几个与陶同？

① 五柳，即晋陶渊明，别号“五柳先生”。

以上三首载于《中华辞赋》2021 年第 6 期

晚秋吟

黄叶遽然落我襟，秋深应似此情深。
酸风磨洗青霜剑，永夜思量冷月琴。
古井残荷空入画，老僧孤鸟各投林。
寒星劝慰九天外，独世方生大士心。

初冬赠螽斯

十月螽斯犹任性，威风不减似当时。
平生但晓黄瓜味，旷世长倾肺腑词。
苇篾容身天地阔，南窗养性老残迟。
秋声断续余霜降，问我孤心可自知。

立冬后三日回珠城[1]感赋

古城冬雨晓行寒，云湿路遥一雁单。
道说西山初雪白，回看小径晚枫丹。
三年候鸟心常阔，半世飞蓬梦转安。
北海能教人自信，敢将爱恨付银滩。

① 珠城，广西北海之别称，以“南珠”驰名中外。

此诗载于《中华辞赋》2021 年第 6 期

减字木兰花·紫荆花

海风刷夜，云舞月奔星乱下。
弄影窗前，疑是吾家万蝶旋。

紫烟百合，跃上枝头千羽鸽。[1]
北海家书，十月长天咫尺如。

① 紫荆花开，一树如鸽飞千羽。

大 雪

心上已堆三尺雪，晴天万里又何干?
山寒水瘦鸦无语，草枯枝空野有獾。
霜叶悲风偏似火，冰轮怆目竟如盘。
苍茫世界惟余我，况与孤峰一处观。

此诗载于《中华辞赋》2021 年第 6 期

戊戌逸兴

戏题二月初一雪

眼见得连翘鹅黄堆，
眼见得岸芷碧色回。
新凫儿撩开镜中柳，
黑犬儿跳出泥上梅。
没来由暗夜里雪霏霏，
那春芽怎禁得辣手摧。
腊月里你不来也么哥[①]，
正月里你不至也么哥，
四个月不知你忙些甚么！
那时节望你归你也不归。
到如今风剪剪草长莺飞，
横霜剑狠心肠亏也不亏？
端的是将天道颠倒而为，
硬生生把时序逆转拨回。
休看你漫天舞忘了是谁，
到明朝出红日何处留灰！

① 也么哥，元曲中句末语气词。

无　题

带笑春风开画卷，含情笔墨醉家山。
水穷云起随心欲，自是人生第一闲。

四十七抒怀

二十三公岁，今朝一笑辞。
春风催白发，寿面煮新诗。
紫陌浮云远，苍山古月迟。
清心惟养静，石友[①]尚含滋。

① 石友，砚台别称。

二月十五晚报甲子展[①]国子监落幕

见证初心六十春，不图哗众一时新。
君看太学庭中柏，苍碧千秋未染尘。

① 即《北京晚报》创刊六十周年展。

二月十九雪夜偶得

雪落人间四月天，梨花一统百花前。
窗飞燕子粘诗冷，柳钓鱼儿破镜圆。
华发堪如霜覆瓦，青春岂似水流年？
孤灯照枕三更后，辗转寒衾难再眠。

临江仙·仲春寒潮

带笑春风今冷笑，为何如此神情？
莫非花蕊万千重。
韶光关不住，便要露狰狞？

北小河流东坝去，几曾得见回程？
早樱开罢又桃红。
天行无倒逆，一样过清明。

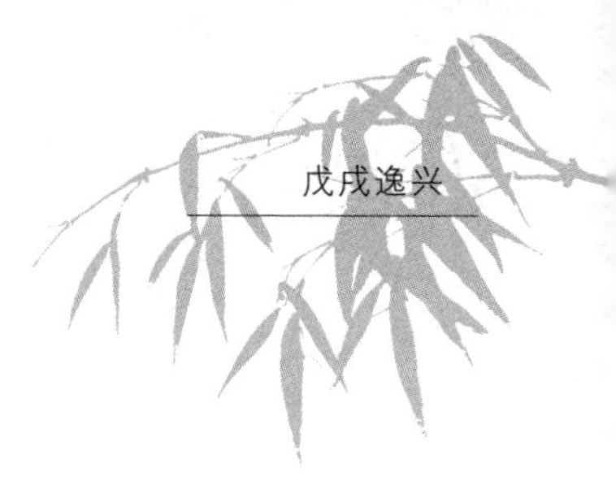

春　行

我生华发本多情，情在春深柳绿中。
滚雪杨花专扑鬓，少年和我一般同。

三月初六骤雨

一挥云墨恁匆匆，点染江山大不同。
朗润疏花依古寺，含滋远树近东风。

端午怀古

屈子伍员双翘楚，怀骚抱恨付双江[①]。
端阳万姓千秋祭，不见当年血一腔。

① 双江，此指汨罗江、钱塘江。屈原汨罗江投水；伍子胥死后，被吴王夫差弃尸于钱塘江中。

诉衷情·宽沟

松风竹影自幽凉，独处转彷徨。
如同白鹭惊梦，飞过小池塘。

香径窄，柳丝长，意微茫。
锦屏人远，拈取青峰，书寄云章。

此诗载于《中华辞赋》2018 年第 11 期

五月初八宽沟晨吟

临水呼千遍，涟漪不作声。
此心深几许？应与镜湖平。

六月初七送小女赴美游学

螽斯声不止，沉雾夜难消。
话少虫尤噪，心空暑更烧。
试舒鹏鸟翼，休负海天潮。
所遇他乡事，归来共漫聊。

此诗载于《中华辞赋》2018 年第 11 期

六月十六太原晚餐误入柳巷[①]戏题

柳巷春光三百秋，发妻随我此中游。
天香楼上琉璃盏，月影窗前如意钩。
暖酒添灯酬远客，拈诗安韵寄风流。
不须怀古寻红袖，醯醢粥浆胜一筹。

① 柳巷，太原著名商业街，历史悠久，旧时俗称“销金锅子”，商肆云集，勾栏栉比，今辟为仿古步行街。

自省感怀

第九湾中新落户，香河勉力又添房。
才轻报馆羞提笔，米贵长安尚有粮。
只道文章仇命达，几曾世事感恩光。
何能何德堪高卧，自愧吾家胜草堂。

紫气东来图[①]

十丈香风护草堂，[②] 三春璎珞醉文长[③]。
扶疏青叶藏歌鸟，[④] 紫气新诗共暖阳。

① 香河新居，喜得花鸟写意名家郭东瑞先生作《紫气东来图》，题诗以记之。

② 阅微草堂前有十丈紫藤花，传为纪昀手植。老舍诗《紫藤》有句："庭前十丈紫藤花。"

③ 文长，会稽徐渭，有青藤书屋存焉。

④ 借李白《紫藤树》诗句"密叶隐歌鸟，香风留美人"之意。

八月初六临海三咏

涠洲岛

大海朝朝笔记多，写来万古自摩挲。
帙书层叠堆崖岸，散字零星尽贝螺。
石卷谁能知正义①，文心我岂梦南柯？
风潮捧起涠洲岛，夜读清怀②不世歌。

① 正义，即本来的意义。

② 清怀，清高的胸怀。

涠洲岛火山口

地火烧天翻入浪，万年沉寂悄无声。
苍龙潜踞云舒卷，巨鳄①低吟水纵横。
玄石②初凉犹灼目，丹霞落照愈多情。
须臾当作千秋后，煮海岩浆血样烹。

① 巨鳄，涠洲岛有鳄鱼山，景色殊美。

② 玄石，指火山石。

白龙珍珠城古榕

汉白龙珍珠城遭毁弃，惟古榕一株存焉。虬枝挟抱汉砖数方，苍碧面海，屹立千秋。

炭印绳纹无字书，筑墙千载意何如？
摧城悍吏心生疬，落难明珠运似猪。[①]
暗恨渔人追旧梦，多情海日照残墟。
老榕怀抱春秋事，留与汗青作注疏。

① 此联典出“合浦珠还”，见《后汉书 · 循吏传 · 孟尝》。

以上二首载于《中华辞赋》2019 年第 9 期

九月十九喜迎程公抵京

濠江夫子踏云来，博士[①]携诗夜宴开。
带醉金风拈岸柳，行吟秋水钓鱼台。

① 博士，即语言学博士乔梁先生。十九日晚在钓鱼台国宾馆设宴，为程祥徽、黄翊伉俪洗尘，余叨陪末座。

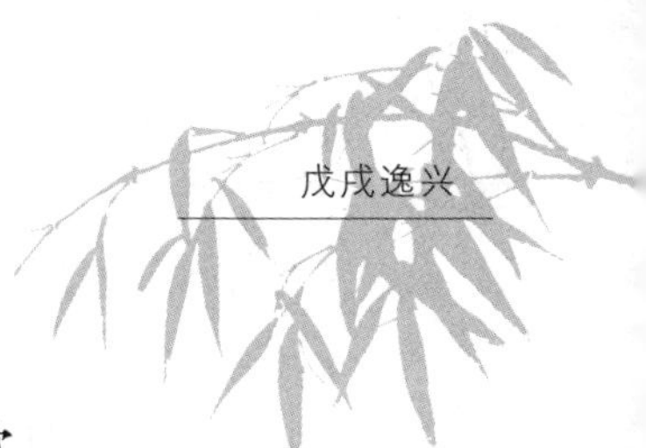

九月廿夜故友招饮

乘兴扬觞尽一觚，春风座上满鸿儒。
寒宵三五真知己，来对袁安卧雪图[①]。

① 《袁安卧雪图》，明代沈周画作，写高士持操意。

此诗载于《中华辞赋》2019 年第 9 期

黄 月 季

一年分作四时春，月下风前最可人。
劝客新呈黄玉盏，暖香宜醉更怡神。

搭 鹊 桥

眼见银河搭鹊桥，建成拆去只通宵。
从来盛会惊天地，留与民间打趣聊。

九月廿九评审北京榜样有感

人生不等闲，昂首百重关。
纵是轻如羽，也须飞过山！

十月初六题钟兄绘月季图

何期两朵一齐开，信是前生约定来！
小院无尘风不动，暗香疏影上层台。

此诗载于《中华辞赋》2019 年第 9 期

十月廿三同心楼送王川先生

云雀[①]轻啼动古城，丹青万里亦飞鸣。
围炉夜话三余事，白发狂夫[②]又启程。

① 云雀，王川先生画展进京，名曰“云雀之声”。
② 白发狂夫，王川先生自号。

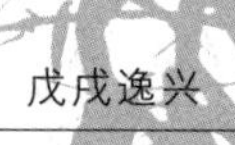

冬月初八至十六，北海探亲冬游八首

探双亲敬题

吾家翁媪两神仙，候鸟闲游北海边。
冠岭时藏明月外，珠城久沐暖风前。
鱼虾每傍归帆至，鸥鹭常同涌浪旋。
万里家山云水处，人生乘兴续华年。

冬月遇紫荆花有感

不计佳期不计辰，三冬直面不称臣。
西风昨夜曾吹彻，便是残花也傲人。

遇南风天二首

一

白气迷离掩近邻，眠风宿雾地生津。
临窗如沐温汤浴，洗去心头一段尘。

二

大雾南风吹更深，疏疏小径海龙吟。
隆冬仿佛春将至，人在珠城水在心。

访 砚 都[①]

西江轻触指生凉，砚石离山各一方。

檀案紫毫诗就酒，寒灯宿墨夜添霜。

孤云不语凝天地，冷玉沉吟向宋唐。

莫诩雕刀能化朽，蓬蒿古瓦韵尤长。

① 砚都，广东肇庆产端砚，有“砚都”之誉。

以上五首载于《中华辞赋》2019 年第 9 期

家中闲坐观花

冬云迤逦晚风斜，碧树摇摇舞赤霞。

豪掷光阴三百寸，床头闲数紫荆花。

沙滩行吟

滩头海水写文章，记下多情字万行。

惟有知音能解悟，潮声听罢热中肠。

梧州骑楼老街六堡茶店

竹箕陶瓮放时间，一片金丝墨玉山。

百味千秋香不尽，红炉细火煮乡关。

冬月廿一题冰冻莲蓬

冰湖留下小音箱，[①] 曲水暗流歌未央。
日暖风停须侧耳，鱼儿游学唱西厢。

① 冰下莲蓬貌。

冬月廿二晨兴偶得

朗日澄天刺骨寒，轻凫数点泛微澜。
萧条大地西风劲，冷暖应同一处观。

冬月廿七寒潮来袭

寒有尽时暖可期，案头清供冷香迟。
冰花重掩玻璃月，细火新茶煮旧诗。

此诗载于《中华辞赋》2021 年第 6 期

丁酉秋思

惊蛰对镜偶感

春雷不动亦虫萌，连翘簪金压早樱。
万物斯时皆抖擞，银丝何忍又新生！

蝶恋花·柳堤

堤上轻烟疑是柳，切近看时，却是愁凝久。
多少离人长执手，别情今夜连星斗。

最怕风前孤自走，刺目春光，竟属谁拥有？
水阔凫飞寻旧偶，归来犹唱黄滕酒[①]。

① 黄滕酒，典出陆游《钗头凤》。

此词载于《中华诗词》2017 年第 8 期

汉砖砚

抟泥淬火越千年，今日轻敲骨尚坚。
留得汉家刀笔气，人间万事岂如烟？

二月行吟

湖边桃杏怨东风，照眼千枝惆怅红。
岁岁明知留不住，何须开落太匆匆？

谢友人赠龙井

明前雨润出西湖，火焙青芽值万铢。
最是春风初暖日，锦屏人共一杯无？

理发偶感

花香一路又如何？霜发经春雪更多！
镜里冰川开碎玉，鬓边云缕散飞蛾。
衣襟簌簌堆秋色，银剪轻轻唱暮歌。
昨日忧思今夜去，窗前明月未消磨。

明前新茶试饮

明前雨露自生香，雾隐茗山味更长。
瀹[①]水壶天心始沸，携篮茶女指犹凉。
旗枪斗盏清波涌，翠叶随诗意兴扬。
但请群峰同入座，松风一曲和幽篁。

① 瀹，音yuè，煮。

皂罗袍·登望京台

已然百丈高楼遮拦，
望京台浑不见紫陌长安。
繁花今日空开遍，
朝云旖旎枉流连。
设座邀山，挽柳系船，
风听石畔，月问松前，
算此生有卿等更与谁言！

暮春逢牡丹

落尽群芳绿满枝，今春底事又来迟？
永嘉[①]风致寻千遍，人入锦屏共一诗。

① 永嘉，浙江地名。传牡丹栽植始于东晋，谢灵运《谢康乐集》载："永嘉水际竹间多牡丹。"

榆　钱

明月清风谁有价？红尘紫陌本如烟。

千缗榆荚香生树，不是人间造业钱。

柳　絮

离人折柳赠相知，驿路荒亭伤此时。

飞絮谁言轻薄物，随风飘转寄长思。

二月蓝[①]

桃自妖娆李自闲，轻云紫雾下春山。

生来不是凡间色，统御东风一日还。

① 二月蓝，非兰花，又名“诸葛菜”，属十字花科，因颜色而得名。

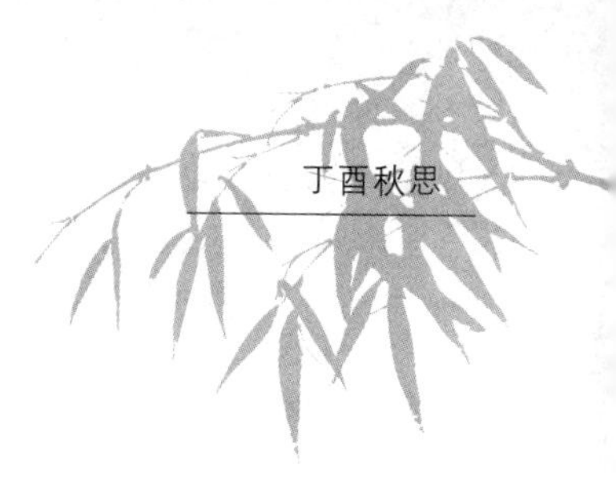

浣溪沙·河堤

北小河边野草花，
星星点点缀春纱。
乘风小蝶翅微斜。

紫粉红黄天着色，
芽苗荠麦地生霞。
自由开放远繁华。

蒲公英

开到圆时方动身，林梢一跃去凡尘。
三千世界三千水，万里抟风志在春！

五月槐

何处薰风醉一场？穿林乳燕翅添香。
步摇缀玉簪金钿，裙起流纨服翠裳。
蚁辈依稀缘大国，春荫尚可梦黄粱。
古槐笑我应如是，庄蝶[①]翩然过矮墙。

① 庄蝶，用庄生梦蝶典。

诉衷情·端阳

清凉小雨过端阳，一梦到钱塘。
说来那日家宴，何必饮雄黄？

湖尚在，塔颓唐，事微茫。
醒时却见，户插萧茅[①]，稚戴香囊。

① 萧茅，即艾草。

此词载于《中华辞赋》2018 年第 7 期

端　阳（古风）

带露艾叶青青，樱桃个个鲜红。
远处龙舟锣鼓，惊飞数点鱼鹰。

如梦令·熨衣

向晚挥挥衣袖，
零乱不堪皴皱。
疲惫此身心，
恰是熨平时候。
将就，将就，
生活哪须参透？

点绛唇·夏开广玉兰

一刹惊停，暖香荷月重相见。
恰双飞燕，也似春时啭。

寤寐如卿，我亦深深眷。
长凝眄，对芙蓉面，浅唱谁家院。

此词载于《中华辞赋》2018 年第 11 期

六月廿二读詹公《俯仰流年》有感

青龙河[①]水梦中流，年少家山笔底收。
耆老铜声余瘦骨[②]，通儒墨色入沙鸥。
行吟策杖因书事，历览凝神向玉猷[③]。
清雅士心如皎月，霜晖满卷照双眸。

① 詹公福瑞，承德人，故乡有河曰“青龙”。

② 铜声余瘦骨，见唐李贺《马诗》：“向前敲瘦骨，犹自带铜声。”

③ 玉猷，玉器，喻指构思精妙。

六月初七宿崇礼蓝鲸悦海酒店偶得

斜倚床边对镜台，万龙滑道破窗来。
蛟形幻化青苍色，只待劈风御雪回。

过中粮桑干葡萄酒庄园

群山捧起夜光杯，塞外长风战鼓催。
千顷绛珠千种醉，沙城古道吼诗回。

度假归来自画

赤峰自驾且徐徐，承德巴林任客居。
信步云山追丽日，晒成塞外小毛驴。

草原行吟二首

一

无边碧草接天光，云筑毡庐犬牧羊。
骤卷狂飙飞数骑，当中可有左贤王？

二

将晚借来十里霞，依湖枕草暂为家。
星灯篝火燃长调，一觉黑甜[①]摇月牙。

① 黑甜，即酣睡。北宋苏轼诗《发广州》：“三杯软饱后，一枕黑甜余。”

七月初六秋雨吟得

点滴晨昏继，幽窗不住声。
双星[①]明夜近，微信此时萦。
七夕余孤念，三生共一程。
清寥秋雨后，何处寄闲情？

① 双星，指牵牛、织女二星。

山海关闲庭[①]杂咏四首

一

石塘涵碧出红莲，一段清香赋一篇。

墙外关山沧海界，胸襟纵我阔于天。

① 闲庭，入住之处。为书法主题酒店，颇雅致，善待墨客。

二

汉砖唐砚宋人书，百步闲庭千载如。

日照湘帘笺满地，愧无神笔写心初。

三

闲庭客室胜书房，纸墨生香砚瓦凉。

久对霜毫无落处，明朝苦为稻粱忙。

四

四百年前铁锁抬，八旗蔽日卷尘埃。

至今关下听幽叹，永夜秋风吹不开。

扬州运河即景

鱼凫数点上扁舟，解缆松开万古愁。
山水一程天欲晚，广陵桥[1]下起歌头。

① 广陵桥，位于京杭大运河扬州廖家沟段。

中秋偶得二首

一

莫道中秋只一天，过他十万八千年。
夜来皓月当空照，你是嫦娥我是仙。

二

情比江山更永年，我邀秋月到窗边。
古心常向清宵寄，枕上欣逢孟浩然。

此二诗载于《中华辞赋》2018 年第 11 期

鹧鸪天·临秋水

柳放疏帘送浅凉，山凝螺黛[1]献浮光。
蝉歌高唱秋云里，十里宽沟迎凤凰。

闲水碧，满庭芳，长裙风摆桂生香。
幽思不想人猜去，却向枝头问海棠。

① 螺黛，指青山高耸盘旋。

八月十六游密云溪翁庄

松阿[1]傍水灶台香，红土柴炉胜暖阳。
醉我湖鲜烹一尾，秋思远比雁云长。

① 松阿，生长松树的山陵，泛指山林。

八月廿六西北行吟四首

胡杨林

齐天漠海岂无疆？额济纳河水更长。
信有雄心观世界，三千年后一胡杨[①]。

① 胡杨，漠海乔木，传其生而千年不死，死而千年不倒，倒而千年不烂。

贺兰山

云展雪敷冷画屏，朔风惊草振驼铃。
贺兰山麓霜天下，何处牧歌断续听？

腾格里沙漠

金沙铺进宝蓝天，踏上浮云可会仙。
此去蓬山[①]须载酒，驼铃一醉一陶然。

① 蓬山，即蓬莱山，此指仙山。

张掖丹霞

七彩丹霞五色山，借天云锦久忘还。
欲裁一款披肩上，振翅西飞嘉峪关。

八月廿八武英殿观赵子昂书画展

武英殿上千年墨，俱是毫端百世功。

松雪道人[①]来复去，案头留下几惊鸿。

① 松雪道人，即赵孟頫，字子昂，号松雪道人。

午门观《千里江山图》

千里江山一纸间，无由希孟[①]不曾还。

宣和[②]绮色烟波渺，旷世春光草木闲。

耕读渔樵人迤迤，游吟客旅路弯弯。

天开图画凝神处，兰渚风轻舞白鹇。

① 希孟，即北宋画家王希孟，有《千里江山图》存焉。疑为假托，或为徽宗赵佶之作。

② 宣和，徽宗年号。

此诗载于《中华辞赋》2018 年第 11 期

红豆清供

闭目伊人笑，醒来恨夜迟。
案头红豆药，害我倍相思。

此诗载于《中华辞赋》2018年第11期

秋　声

敲头桐叶劝加衣，别后征鸿声渐稀。
今夜草间应散尽，寒蛩不忍道天机。

山　花

霜晨山脚向阳台，犹有洋姜带露开。
知是今宵寒雨骤，也须我命不空来！

此诗载于《中华辞赋》2018年第7期

重阳前日得仙桃喜赋

海右蓬莱岛，仙家种福田。
瑶池三万里，御果九千年。
佳处栽神品，吉时溉醴泉。
重阳宜上寿，此物最拳拳。

九月十一感怀二首

一

难免逢秋不自悲，漫衔黄叶落还飞。
衔诗杜宇空吟血，纵是春天又与谁？

二

心有瑶琴日日弹，月光秋水总成烟。
凭谁不解诗如火，我自春天一少年！

观百度夜景地图

人间灯火银河水，天上银河世映成。
明灭星光应似我，无今无古总多情。

烹　鱼

半尾查干湖，出冰便入厨。
平生不用酒，一样会黄苏[①]。

① 黄苏，即黄庭坚、苏轼。

丙申心语

述往闲吟八阕

卜算子·雏菊

三十二年前，夜色凉如水。
老树沙沙叶弄风，月上秋枝美。

小巷尽东头，屡见灯窗蕊。
或有清芬留到今，散作青葱诔。

长相思·月季

知了鸣，鸽哨鸣，北巷庭前唱和声，
悠悠唤古城。

风有情，雨有情，檐外红云照眼明，
香回影纵横。

相见欢·水仙

何期竟有幽芳，在身旁。
玉蕊冰盆含翠，兀端详。

雪如字，写不尽，憾犹长。
错向人家清供，诉衷肠。

生查子·丁香

春深夜未央，紫雾香生树。
读月抱书归，步步芳心路。

微风影弄人，小雨添词赋。
燕子莫穿林，免得花垂露。

采桑子·荷花

登场便是清波阔，独占湖光。
独占湖光，焕彩韶华冠众芳。

风停雨霁残香在，渐次生凉。
渐次生凉，落寞田田半染霜。

临江仙·昙花

盼到良宵才一晤，斯时暗恨晨钟。
平明梦断觅芳踪。
闻香香尚在，阶下露华浓。

常忆京西寒月夜，几多春绪重重。
更深说遍夏秋冬。
武夷溪水阔，犹绕大王峰。

浪淘沙·樱花

相识在东瀛，一路同行。
滨松伊豆水云横。
雪蕊霞枝开次第，满眼诗情。

来去总无声，雨后晴明。
十年守望梦轻盈。
料想东湖杨柳岸，最解茕茕。

南乡子·杜鹃

爱入乐天诗[①]，又作披香殿[②]上词。
丽质怡人犹款款，芳姿。
画到毫端第几枝？

报馆近春时，案角新红最早知。
偶向心头留一笑，相思。
醒后还如梦里痴。

① 乐天诗，唐白居易一生爱花木，尤喜杜鹃，其诗《山石榴寄元九》中有句："闲折两枝持在手，细看不似人间有。花中此物似西施，芙蓉芍药皆嫫母。"杜鹃花亦称"山石榴"。

② 披香殿，汉未央宫中殿宇名。苏轼《菩提寺南漪堂杜鹃花》有句"南漪杜鹃天下无，披香殿上红氍毹"。

以上八阕载于2016年11月4日《北海日报》第7版

游蓝调庄园[①]

鲜花百亩未薰衣，引得婚纱处处飞。
剪草田翁常笑看，帅哥时抱美人归。

① 蓝调庄园，位于北京朝阳区金盏乡，园中遍植薰衣草。

浣溪沙·书斋

陋室应无七步长，
陈王[①]至此莫惶惶。
才高八斗又何妨？

金错剑兰添虎气，
绿烟萝蔓绕书香。
憾无驴项挂诗囊。[②]

① 陈王，曹植。
② 典出唐李贺。

诉衷情·游吉安古巷

吉安左巷问芳邻，何处认前尘？
灰门老屋青瓦，犹自念伊人。

将豆蔻，未青春，最纯真。
景山东望，那树桃花，带笑含瞋。

此词载于《中华辞赋》2018 年第 7 期

生查子·庆芳辰

云开凤翥来，万里晴光透。
紫气绕梧桐，对镜人依旧。

灯前酒一杯，帘卷花如昼。
永夜数寒星，漫忆春时候。

京城暴雨遥寄友人

积云千尺厚，泻地水粼粼。
雨大城观海，窗空树想人。
随风追往事，秉笔问江津。
朗朗娄山月，今宵不染尘。

游霞云岭[①]

四面青山酒一杯，霞云岭上响惊雷。
诗从绝壁腰间起，曲自平湖笑里来。
崖畔人家烟拢翠，溪边野店院生苔。
忽然急雨敲窗牖，问我今宵回不回？

① 霞云岭，位于北京房山西北，西邻涞水，北接门头沟。

贺师尊北海新居

森海窗含北部湾，无双胜景一时还。
朝听浪涌心能静，晚眺霞飞意始闲。
高士藤床非孺子，[①] 诗家笔墨有冠山。
流觞曲水兰亭趣，转入椰林树影间。

① 典出王勃《滕王阁序》：“徐孺下陈蕃之榻。”

七月六日雨夜宿大新县

思睹德天瀑[1]，抛开十万山。
归春河水涨，崇左月弓弯。
古邑经宵雨，群峰洗碧环。
晨兴登远道，心境逐云闲。

① 德天瀑，广西崇左市德天瀑布，亚洲第一，与越南跨国相连。

乞巧日观德天瀑布

天水何由怒气生？归春咆哮鬼神惊。
腾身落雨深藏鳄，溅雪堆花惯隐兵。
古木轻摇云绰绰，幽篁独坐影茕茕。
越人舟子频邀客，拗口中文唤几声。

七月十三别北海

鸟宿冠山海，云飞第九湾[①]。
归期今又至，风雨一时还。

① 第九湾，位于广西北海市西南大墩海附近，亦称蓝山上湾。

乘机颠沛辗转回京偶感

丙申七月十三，雨晨，余自珠城经停怀化返京。中途飞机故障，转道长沙备降修理，及至长沙，机不能修。另从他处调来一机，午后未时起飞，申时落怀化。怀化正雨。机上坐至酉时，又令出舱，航班推迟至戌时。有首义者提出延误赔偿。几回合，诺许百元。至戌时，复登机。亥时两刻抵京。其间换机一架，延误两次，三飞三落，越过四城，用一整日，方还家门。斯时云淡风轻，弦月朦胧，回首来时路，叹而歌之。

珠城晨雨泪潸潸，天测此行步履艰。
故障难排机转向，舷窗枯坐客消闲。
长沙漫数白云朵，怀化轻描碧草山。
三起三停归夜色，人生无异此航班！

无　题

沉云漠漠长风劲，报道严寒不日来。
我笑霜天催雁阵，明朝仍有菊花开。

七月廿五孟秋午后急雨

扯片云头掩日光，雷声隐隐电如霜。
车轮疾驶犹嫌慢，便作鸡飞也落汤。

八月初八夜登西安永宁门

长安朗月照三秋，邀我初登古箭楼。
天宝悲风吹不尽，永宁新曲唱无休。
霓光缭绕红灯外，车水回旋晚市头。
今夜复经千载后，繁星依旧兴悠悠。

秋　夕

擦掉流云抹去霞，莫教明月掩光华。
一轮冰镜千回拭，为照窗前那个她。

八月十八望京寓所断水停梯喜赋

十八层楼似座山，电梯停运只能攀。
晚归拾级多添饭，早起轻装好上班。
断水无须忙洗漱，蓬头不碍睡悠闲。
今宵梦到古时去，陶瓮油灯诗一般。

八月内蒙古行咏马兰花

萋萋碧野马兰花，草海沙洲万里家。
塞角声中辞汉阙，毡庐月下起胡笳。
坡羊遍野浮云白，泉淖流波落照斜。
绝世佳人千古恨，何期今日驾长车。

以上三首载于《中华辞赋》2018 年第 11 期

浣溪沙·秋林

齐展霜姿待镜头，
枫栌燃尽万千愁！
登临何必望京楼？

铁血关山金甲胄，
深林荒草掩吴钩。
长空冷月照幽州。

秋分次日草原二咏

一

佳酝斟来琥珀光，草原新酿口生香。
推杯看我搬鞍去，套马长杆套夕阳。

二

马背长歌向远方，无边草色夜添凉。
蹄声嘚嘚毡庐外，踏碎秋风听断肠。

此二咏载于《中华诗词》2017 年第 2 期

秋　声

雁叫霜天列阵斜，寒蛩衰草叹黄花。
飘丹万木沙沙响，付与西风空自嗟。

九月初四秋雨闲居四首同韵

一

西窗湿冷满城秋，闷坐烹茶对雨楼。
灯下贤妻翻柜顶，厚衣浆洗短衣收。

二

谁道天凉好个秋，披衣撑伞下斯楼。
一街黄叶何时落？未赠别词不忍收。

三

镜前霜鬓照寒秋，满目烟云远近楼。
雨脚匆匆停不下，今宵滴到梦中收。

四

听雨读书好问秋，晚来或有客登楼。
舱鱼一尾清泉煮，更觉相思无处收。

咏　柿

一株秋柿皆如玉，祝祷人生好运还。
昨夜经霜羞涩了，红云朵朵落枝间。

寒露之夜述怀

读诗惊掩卷，明日复重阳。
古月窗前冷，秋山雨后黄。
孤灯偏不语，旧枕愈彷徨。
何忍登高处，同吾共染霜。

重阳问菊

凭谁命尔花开晚？却以清标自诩人！
虚掷韶光空对月，枉随细雨早迎春。
东篱酒话焉能信？北国冰霜确是真。
不日凄风吹彻骨，冷香孤寂怎同尘？

此诗载于《中华辞赋》2018 年第 11 期

九月十一悼庄奴[①]

瑶池雅乐欲调琴，王母凝眉四海寻。
今日歌王如约去，三千金曲化仙音。

① 庄奴，台湾著名词作家，北京籍。有《小城故事》《甜蜜蜜》《又见炊烟》《垄上行》等名曲存焉。

九月十二寄思

春风多解语，秋月最知音。
当此沉霾日，惟余默默心。

九月十五望月不得

明知朗月在南天，但恨重霾障眼前！
千古清辉尘世外，一窗愁绪晚秋边。
寒鸦暮噪如歌赋，野草霜生入画笺。
此境人间能几幕，西风不至不成眠。

九月廿八秋满怀柔

收拾清寒秋夜雨，打开怀北艳阳山。
披霜幽草痴痴问，难道春光不日还？

此诗载于《中华辞赋》2018 年第 11 期

寒 衣 节

河边路口晚生烟，件件寒衣化纸钱。
那世凄清如此夜，孤身永寂奈何天。
哀思火影风中舞，遗爱灰堆柳下眠。
知是故人将问讯，乌啼水响亦潸然。

冬 月 季

一道铁丝一道栏，西风吹劲日光寒。
爱君不惧严霜至，绿叶青枝血样丹。

登涠洲岛致敬汤显祖

皂罗袍（曲牌一）

谁道那姹紫嫣红开遍？
兀生生转入了翠谷幽山！
鸥鹭栖飞情缱绻，
榕杉摇曳意缠绵。
斜阳醉看，清波潋滟，
石涛凝岸，碧海蓝天。
锦屏人涌起这千般思恋！

好姐姐（曲牌二）

但听得汽笛声渐远，
那月亮湾云霞尽染。
那海枯石烂，胜却了万语千言。
晚风前，端的是清晖照诗笺，
问春潮今宵怎成眠！

别涠洲岛[1]

枕边如诉海声音，赠我层云慰我心。
夹道蕉林频拱手，秋风不舍曳衣襟。

① 涠洲岛，位于广西北海之南的北部湾海域中部，为中国最大、最年轻的火山岛，著名风景区，也是广西最大的海岛。

十月十二路兄招饮吟得

同城不见一年余，鬓角霜生气血虚。
目力迷花非独我，山行健步尚能渠。
赘言常忆开心事，劝酒频添蒸海鱼。
夜久灯稀风渐起，门前揖别又徐徐。

观皮影偶感

蟒袍玉带紫金冠，云髻罗衫簪凤鸾。
将相佳人多少事，驴皮二尺短心肝。

散步观枫偶得

云飘枫叶落，一路满金星。
似见天花坠，如随古乐听。
寒灯初照彻，空树愈零丁。
疏影移墙外，伤心冷画屏。

以上二诗载于《中华辞赋》2018 年第 11 期

十月十五咏超级月

竟日风吹度，云丝无处寻。
远山归夜色，飞镜[①]上冬林。
楼在清光外，玉悬静水襟。
纵然千古月，难照世人心！

① 飞镜，明月别称。语出辛弃疾词：“一轮秋影转金波，飞镜又重磨。”

十月廿一阐福寺咏菊二首

第三十七届北海公园菊展撤展日，冬雨霏霏，黄叶纷披。阐福寺内外秋菊满眼，淡香犹存，斯时斯地，送秋别菊，不觉凄清满怀。

对 菊

太液涵光一镜开，云笺遥送暗香来。
摇金动玉仙家种，入画承文禁圃材。
水殿深秋霜满地，芳姿冷雨影移台。
东篱西苑何差别？枯寂清寥多自哀。

此诗载于《中华辞赋》2018 年第 11 期

别 菊

报到今宵雪满城，城中玉砌向平明。
明朝冷蕊随香去，去处空留梦一程。

诉衷情·十月廿二读雪

三天盼来小雪，因赋之——

相期暗夜换清新，三顾下凡尘。
乘风淡扫愁云去，吟遍冷香晨。

初展卷，便凝神，似伊人。
把心中事，说与林边，那片茵茵。

青玉案·十月廿三夜谈

清宵雪后孤灯影，怎能敌，千秋冷。
世事微茫星耿耿。
风吹帘动，烟消金鼎，叶落敲天井。

人生多舛时惊醒，恰逢这，初冬景。
况是此身如泛梗[①]。
从容一笑，来温心境，珍重真情永。

① 泛梗，漂泊意，语出《战国策》。

十月廿四再读《胡笳十八拍》感赋

云山万里蔡文姬，瀚海毡庐朔气吹。
班马[①]一嘶同雁阵，归鞭三叹学旄旗。
心弦箭上思归汉，芦管笳中念向兹。
碧草黄沙还怅惘，长安落照在胡诗。

① 班马，指离群之马，见李白诗：“挥手自兹去，萧萧班马鸣。”

十月廿九淳安[①]上学二首

一

名师论道坐明堂，桂树窗前透暖阳。
心我已游千岛水，湖山只隔短松冈。

① 淳安，即浙江省淳安县，千岛湖即在此地。

二

山途曲谱走高低，时见晴空碧水齐。
教授洋洋谈半日，窗前蓝鹊一声啼。

冬月初二访下姜村①

凤林溪水载歌奔，半洗青山半绕门。
红隼肩头枫树岭，白云深处下姜村。
乡愁一解杨梅酒，民宿回香野竹荪。
信步廊桥思百代，桃源新梦映朝暾。

① 下姜村，位于浙江淳安县西，属枫树岭镇，有凤林溪村中流过。

学农挖笋

竹山邀我松松土，举起银锄定定神。
风拢翠枝忽簌簌，鸟亲河水偶粼粼。
寻根捉笋真淘宝，觅静求闲最养身。
半日辛劳谈笑去，一篮欢喜赠同人。

高铁暮色

我驾飞龙追夕阳，夕阳像个小姑娘。
山头树后水田外，跑去奔来笑脸扬。

冬月廿日午后闲居戏题

窗含落日光，鱼影戏东墙。
我亦斜阳外，游来尾更长。

以上二首载于《中华辞赋》2018 年第 11 期

卜算子·清宵偶感

雀影满枝头，看作冬天叶。
此叶翩翩绕树飞，叫亮云中月。

今夜月分明，偶有风幽咽。
不替冬愁只自愁，[1] 对镜徒添雪。

① 张伯驹《丛碧词》有“只替春愁不自愁”句，反其义而用之。

珠城咏白鹭

栖飞依恋大冠沙，晨逐风涛暮舞霞。
红树林梢宜振翅，金沙湾里好安家。
临风白影浮云合，面海清音落日斜。
苏子经由还紫陌，瞻天万里[1]尚嗟呀。

① 瞻天万里，苏轼自儋州归，经合浦小居二月，游海角亭并留题“万里瞻天”四字。

乙未踏歌

吉羊

正月初三游故宫

沉霾千里困新春，万众摩肩叩帝阍。
五凤龙楼[①]尘尚在，两朝城阙雪留痕。
蜂拥鹅颈观交泰[②]，兔跳猫心访翊坤[③]。
过客焉知逢夜半，宫人残影泣重门。

① 五凤龙楼，即北京故宫午门上部之门楼，亦称“五凤楼”。

② 交泰，即故宫交泰殿。

③ 翊坤，即故宫翊坤宫。

二月乘高铁游华东绝句五首

德　清

千里飞龙半日行，吴山越水计春耕。
杏花雨在清江外，布谷轻催第一声。

湖　州

湖州暮雨润春秧，万垄诗篇映水光。
更有山岚情缱绻，炊烟数点晚风凉。

杭 州

濛濛细雨过钱塘，春水渔歌共一江。

向晚温来梅子酒，孤山遥入小篷窗。

长 兴

碧玉平畴万点金，方塘明镜最宜春。

一经花海江南雨，便是仙乡画里人。

婺 源

砌玉雕栏皆造作，人间至美有农桑。

击壤[1]无关尧舜事，秀水梯田画一堂。

① 击壤，清人沈德潜所辑《古诗源》第一首为《击壤歌》:“日出而作，日入而息。凿井而饮，耕田而食。帝力于我何有哉!”

砀山[1]梨花

枝头料峭簪新玉，百里清甜出古尘。

不忍仰观香雪海，落花泥淖最伤春。

① 砀山，位于安徽北端，古称下邑。有百里黄河故道，皆沙田，产酥梨，天下闻名。

篁岭行（古风）

余好游历，读山阅水，每以行者自矜，辄吟哦，固以自娱，亦难免得色隐隐焉。乙未春二月，余游婺源篁岭，见五百年古村落至今俨然，更有油菜花千亩怒放，上美于坡，下盈于壑，壮阔瑰丽几令瞠目，诗词歌赋已抛九霄。又三月，篁岭之行久萦难去，戚戚岂敢忘哉？且试而吟之。

谁教篁岭惊远客，行者空叹四方游。平生辜负五百岁，此间相会竟无由！油菜摇山翻花海，欢雀清啼逐云头。今我盛开彩蝶至，今我和鸣翠谷幽。

仙家何往村犹在，绝尘一骑众妙留。叶匾如莲栽天际，[①] 花窗筛日绘春绸。石阶久晒眠黑犬，横塘远近卧黄牛。哪得淙淙弹锦瑟？清泉绕屋曲中流。

酒旗依稀呼旧友，肴香不舍马头墙。大牖天光皆向岭，群峰奔来共一堂。离座问松谁先醉，闲云招惹再举觞。斑鸠檐外多聒噪，我本浮生半日狂。

古杉红豆离人泪，千载相思驿路旁。村前初醒香樟木，老枝无语试新妆。夭桃灼灼夕阳外，明烛点点暮霭

长。弦歌高挂楼头月，山岚深处已苍茫。

竹杖芒鞋霞客老，孤鹏掠影翅染霜。辋川[2]诗佛蓝田叟，自在随心即故乡。堪笑重门[3]寻野鹤，烟霞[4]远去五柳堂[5]。一揖却辞篁岭后，琴上松风[6]万壑凉。

① 村人以竹匾曝晒山笋红椒，团团大如王莲之叶，高悬檐前，自下而望，天际切成个个浑圆。

② 辋川，指唐代诗人王维终南山居处。

③ 重门，指宫门。

④ 烟霞，此指俗世。

⑤ 五柳堂，典出陶渊明《五柳先生传》。

⑥ 松风，此指古琴曲《风入松》。

此诗载于《中华诗词》2015 年第 7 期

八大处杂咏五首

龙泉茶歇[1]

清泓都道出龙泉，取饮烹茶助永年。

枯树[2]池边多少岁，于今怎续再生缘？

① 龙泉茶歇，北京西山八大处龙泉庵内有龙泉茶社，历史悠久。

② 枯树，庵内有清泉，池外数步远有古树一株，枯死多年。

古刹进香

松鼠枝头先稽首，檐前喜鹊复谈禅。
千年古柏今无语，忍耐庭中乱紫烟。

香界寺龙松

护法禅堂五百春，晨钟暮鼓远凡尘。
游人布系千般愿，忙坏佛前老树神。

冰川漂砾[①]

漂砾无端下翠微，经寒历暑泪空飞。
冰川已是前生梦，二百万年何处归?

① 冰川漂砾，指八大处山腰之巨石，1962 年地质学家李四光发现。后鉴定为古冰川遗物，距今近两百万年。

欢 喜 地[①]

拾级喜登欢喜地，山风为我解衣怀。
回身骋目东南望，不见长安见雾霾。

① 欢喜地，佛教用语。此指八大处之七处宝珠洞外牌坊。“欢喜地”三字为乾隆留题。

以上五首载于 2015 年 6 月 23 日《北京日报》第 14 版

武侯祠有感

物阜江东兴建邺[①]，屯田洛邑[②]灭双袁[③]。
南山放马青苗壮，赤壁渔舟星斗繁。
伐北[④]酬恩常困顿，挥师上表[⑤]尽悲言。
蜀中多少农家子，庆幸秋风五丈塬[⑥]。

① 建邺，东吴都城，今南京。
② 洛邑，指今洛阳一带。
③ 双袁，指袁绍、袁术兄弟二人。
④ 伐北，指诸葛孔明六出祁山兴刘灭曹。
⑤ 上表，指孔明伐魏之前后《出师表》。
⑥ 五丈塬，在岐山县渭水河边，孔明身殁处。

锦　里[①]

浮云升锦里，竟日起炊烟。
酒暖春风座，莺啼露水船。
桥从扶柳醉，月自浣花圆。
雕刻时光[②]后，汉王[③]难再眠。

① 锦里，成都古街巷，秦汉时即有盛名。
② 雕刻时光，咖啡连锁店店名。
③ 汉王，指蜀汉昭烈帝刘备，其陵在左近。

贺张府昙花夜放

今夜奇葩带笑开，瑶池折下一枝来。
鸡鸣莫让花听去，留得馨香咏玉台。

初夏蟹岛观荷二首

一

半塘云彩半塘莲，水碧天青胜画笺。
时有晚风邀客至，小荷一笑一嫣然。

二

敲荷急雨望东南，七彩云桥只一昙。
好景从来留不住，斜阳落尽水涵涵。

观蚁有感（古风）

松下草丛间，平生来去处。
寂寞日行行，何期三万步。
风雨一朝至，委身栖大树。
况有通达者，皇皇为书蠹。
优悠纸墨餐，常叹青春误。
但作闺中怨，堪效长门赋[①]。
岂知落霞外，翩翩起孤鹜。

① 长门赋，出自《昭明文选》，传为司马相如受汉武帝陈皇后之托所作。

炊夏至面戏题

调揉泉水味犹香，擀出当空满月光。
银线雪刀声簌簌，黄瓜麻酱意凉凉。
盛来半碗莲花瓣[①]，捣碎三枚玉海棠[②]。
举箸方知前臂短，面儿竟比昼还长！

① 莲花瓣，碗中面条状。
② 玉海棠，此指蒜瓣。

答程祥徽教授无酒不诗论

平生不酒亦癫狂，前世贪杯醉意长。
我与刘伶同饮后，至今尚会写文章。

访密云水库

千峰迎迓到船头，献上清波洗去愁。
寥廓湖天真爱我，身无双翅亦沙鸥。

观新照致冥王星

冥王近照下天宫，竟是低眉一稚童！
额角圆通明世事，双眸紧锁问长空。
身流玉宇八星外，志脱红尘三界中。
亿兆之遥今咫尺，与君相望寄罡风。

老舍茶馆大碗茶

三十六年如昨日，茶台香暖气氤氲。
端来琥珀盈盈色，摆上晴天朵朵云。
陆羽经由应足慰，微之[①]吟咏亦堪欣。
如今放眼人间世，还有几家老二分？

① 即唐诗人元稹，字微之。

瑞蚨祥绸缎庄

水上波光山上云，裁成天地一家春。
花难凋落明绸艳，鸟不争喧闪缎新。
锦绣何曾劳织女，精工端的仗能人。
无非诚信得长久，金匾于今未染尘。

青云阁

挑起共和刺破天，旗开五色向西南。
屠龙剑胆韬光客，焦尾琴心小凤仙。
酒自相逢皆畅饮，人从别后怎成眠？
世间原本知音少，泪尽松坡[①]手绝弦！

① 松坡，即民国初年著名军事家蔡锷将军，字松坡。

家母手植仙人球甫开

盛夏荷塘不足奇，紫薇八月正开时。
仙球六朵一齐发，却是人间第几枝？

中秋夜雨

小雨洒中秋，清凉阵阵幽。
已知皎皎月，云外到心头。

观豪奢楼有感

日洒金光月洒银，山为美馔水为樽。
朝朝但使心头醉，枕上何时梦有痕？

独　行

山径野花毛栗树，独行端的是清秋。
林间百鸟无啼处，哪个霜前敢试喉？

九月十五望月

中秋过后重圆月，寥落寒星岭上稀。
清泠莫如归路远，今宵桂殿[①]亦添衣。

① 桂殿，此指月宫。

小雪家中春兰新绽

节气清寒小雪时，尘霾肆虐陷京师。
何期暗夜西窗下，还有冷香一段诗。

岁末吟得（排律）

霜生砚瓦冰花放，墨菊何须上画笺。
日暮云低诗就酒，灯昏月白笔谈天。
清辉朗照松窗冷，疏影横斜藕榭怜。
鹤唳寒塘形独伫，风侵薄帐意难眠。
无聊瑞脑消金兽，[①] 寂寞香薰写篆烟[②]。
回首问心非不惑，待人接物偶狂癫。
弦歌一曲迎新岁，残梦千回忆旧年。

① 借用李清照词《醉花阴》句。

② 篆烟，盘香之缕。

晨兴偶得

独处偏能万里游，思飞不必济方舟。
无非佛法僧三宝，便是心神念一修。
净土含滋生玉树，青天初霁起琼楼。
枕星梦到清凉界，书尽篆香何处收？

冬月读褚橙老人事有感

举国同声问褚橙：缘何不似往年精？
酸归甜意味稍浅，绿近黄时果未成。
树茂林深秋雨密，心高体弱夜灯明。
哀牢山①上寒风劲，米寿②扶杖又一程！

① 哀牢山，位于云南中部，长千里。

② 米寿，八十八岁。

诉衷情·跳舞兰

南窗清供动心弦，端的舞翩跹。
金簪翠裾装扮，依旧似从前。

霾转雾，竟流年，锁长烟。
芳卿有信，冬月圆时，一笑嫣然。

甲午面海

上元忆旧

清寒未尽雾重来，瘴锁京城久不开。
曾记儿时元夜后，提灯月下觅香梅。

正月廿一京城雾霾再袭，盘桓八日

阴霾数日久难消，不见天光万户憔。
纵使悟空施手段，神州何处借芭蕉？

早春抒怀

耕读心田惟自知，窗棂画影笔迟迟。
腊梅树下徘徊久，正是含苞待放时。

临江仙·贺中日名家书法联展

碧海安澜诗咏就，早樱叩问梅花。
书心濯砚共芳华。
墨缘三十载，纸上起云霞。

笔塚[①]鹅池[②]遗趣在，通神咫尺天涯。
月光秋水韵浮槎。
琴音如会意，万里亦方家。

① 笔塚，典出唐代书法家怀素，其习书之秃笔头埋藏处曰“笔塚”。

② 鹅池，即王羲之养鹅洗笔之池。

此词载于《中华辞赋》2018 年第 11 期

回乡偶感

碧玉核桃黄玉柿，青窗笔墨绿窗诗。
闲居独处红尘外，知止何须白发时？

麻雀（五古）

鸿鹄将飞尽，空余雾霾天。
幸无凌云志，苟活天地间。
日夜车鸣响，何枝可安眠？
绿茵杀虫剂，药性久盘桓。
纵有草中食，逡巡不敢餐。
宜昌族兄弟，江边米毒翻。[①]
舞阳偷猎手，扑杀逾数千。[②]
世间人胜虎，万物皆成脔。
鹰隼尚如此，岂独我应怜！
身有双飞翼，何处命能全？

① 2014年夏，宜昌码头散落大米，麻雀抢食后成批死亡。

② 2013年，舞阳三人毒杀麻雀一千七百余只，被缉拿。

桂林夜雨

八月三更雨，漓江阔五分。
渡头舟子笑，早早唤游人。

漓　江

漓江远去入群峰，水月[①]风流今古同。

或许千秋澄碧后，苔痕人迹了无踪。

① 水月，即桂林象山水月洞。

七夕漓江之畔吟得（古风）

上次访漓江，倏忽已八年。

青山不见老，绿水尚图南。

照水情还在，对山鬓已斑。

风停山寂寞，云湿水缠绵。

丹桂江边夜，幽幽挽画船。

娉婷归浣女，楚楚自应怜。

今作商人妇，盈盈子绕前。

形容参差是，眉目静如兰。

忧劳人愈瘦，依稀减朱颜。

桂林长相忆，七夕不能言。

小女于阳朔洛七时光[①]书店投书三年后

独在西街用素蔬，心清意爽暗香浮。
乡书慢递三年后，致意青春二月初。

① 洛七时光，书店名，当时有“写信给三年后的自己”特色邮寄服务。

阳朔世外桃源[①]偶得

人境陶庐何处寻？白沙镇北假桃林。
东篱五柳焉知否？水榭楼台不再贫。

① 世外桃源，依陶渊明《桃花源记》仿建景点。位于阳朔之北，内有渊明山庄，豪富之状，即命陶令再世亦望尘莫及焉。

鹊桥仙·象山

净瓶驮久，禅机未解，沉醉漓江风景。
欸乃声中放江排，浣纱女，歌摇竹影。

江村掩翠，鱼鹰振翅，胜过浮槎泛梗。
此水人间最甘甜，化为石，因缘隽永。

鹊桥仙·习字

九成濯笔，醴泉旋墨，[①] 但学痴牛[②]犁地。
砚田香起透松烟，莫辜负，生宣情意。

南窗帘卷，薰风吹度，俗务千般捐弃。
率更[③]久对竟无言，却教我，端然正义。

① 九成、醴泉，指欧阳询法碑《九成宫醴泉铭》。

② 痴牛，语出苏轼《鹊桥仙·七夕送陈令举》："缑山仙子，高情云渺，不学痴牛骙女。"

③ 率更，指率更令，古官名，此指欧阳询。

象山（古风）

漓江难离水，象山不像山。
试问至诚人，神象化江边。
江流三百里，经此露浅滩。
祖象何长饮，江水清且甘。
更有壮家女，歌成水愈甜。
身归即福地，心处自安然。
不复他乡去，情愿永为山。

中元节遇超圆月天象（古风）

中元祀祖夜，河畔水灯流。
纵有超圆月[①]，浑不似中秋。

① 超圆月，指甲午中元节之月。月行近，观之硕大。

北海置宅喜赋

海月风涛几度还，冠头岭[①]上暮云闲。
人生泛梗归何处？家在珠城第九湾。

① 冠头岭，山名，位于广西北海西端。因山形“穹窿如冠”而得名，峭壁临海，林木葱茏。

登冠头岭

幸有冠头岭，得观北部湾。
海从三面至，云自九天还。
日暮风轻送，林深鸟未闲。
人生安好处，万里亦家山[①]。

① 家山，故乡。因卜居北海，故云。

游珠海路[1]

参差檐角暮云边，户户淘炊下海鲜。
虾饼过油香且糯，生蚝擂蒜炙将燃。
木门斑驳风常入，石匾依稀字半湮。
开埠即今多少事，樯头老月弄新弦。

① 珠海路，北海老街，最早街道，始于1883年。长约三里，皆骑楼式建筑。炸虾饼、烤大蚝，乃寻常吃食。

茶亭[1]赠饮

小憩亭中茶自斟，半浇心火半乘阴。
娥眉素手朝朝送，一担清凉忆到今。

① 茶亭，位于广西北海老街东侧，今香格里拉酒店左近，民国时北海人陈觉裕所建。亭有木桌石凳，供行人休憩。每日清晨，亭内置凉茶一担，茶勺、瓷碗俱全，人来自饮。日暮，取空桶回。如是者近卅载，乡人感其仁惠，以亭名路。“文革”中亭毁，今有茶亭路存焉。

海角亭[1]怀苏轼

孤忠万里亦瞻天[2]，不计量移[3]复左迁[4]。
海角亭前沙鹭舞，白兰树下落花旋。
珠还合浦[5]孟尝颂，才出儋州[6]苏子传。
至此休言将地尽[7]，汴京[8]紫陌[9]起云烟。

① 海角亭，廉州古亭名，为纪念东汉合浦太守孟尝而建。苏轼居合浦时曾游，并留题。

② 万里亦瞻天，苏轼曾为该亭手书“万里瞻天”四字。现亭有匾额，然已非真迹，乃集其字体仿制而成。

③ 量移，唐宋时官员被贬谪远方后，遇恩赦酌情移至近处任职或复回京。

④ 左迁，汉代贵右贱左，故官员贬职称为“左迁”。

⑤ 珠还合浦，即“合浦珠还”，典出《后汉书 · 孟尝传》：汉孟尝郡合浦，德政既出，远迁交趾之珠贝，未及一年返合浦，民以为神。

⑥ 儋州，今海南省西北部，遥望北部湾。苏轼曾于此为官，办学兴教，后才俊辈出。

⑦ 地尽，廉州之南即为远海，故云。

⑧ 汴京，宋都汴梁，今开封市。

⑨ 紫陌，京郊小路。

北海珠贝

南珠圆润性方刚，绝世芳华贝底藏。
常向太阴存皓气，每从沧海蕴柔光。
何求冠冕遮君面，岂爱宫闱缀凤装。
孟守[①]若非施善政，客居交趾[②]不还乡。

① 孟守，即东汉合浦郡太守孟尝。

② 交趾，今越南。

合浦阴沉木

南流[①]古木枕千秋，岁月沉沙梦已休。
江底厌听舟橹响，波中倦看网绳收。
不期还世惊合浦，岂料容光动九州。
此物天生王者气，何劳刀斧再封侯？

① 南流，即南流江，广西独流入海第一大河。出阴沉木，掘沙可得。

银滩三首

一

海似摇篮人似婴，暖沙如掌捧苍生。
冠山更在夕阳外，逐浪沙鸥为我鸣。

二

浪拍忧伤云扫烦，苦愁尽处见银滩。
白沙一粒浮沧海，碧水千秋浸玉盘。

三

平沙卷展三千尺，足底闲书字万行。
多少诗情浑不解，风潮滚滚又冲光。

中秋寄怀

天庭洒扫命清风，收拾闲云下远峰。
酒满金樽邀镜月，情归沧海荡心胸。
千年桂魄千年望，万里银辉万里容。
三十八霜[①]同刹那，中秋白露再相逢。

① 三十八霜，中秋、白露恰逢同日，甲午之后须再过三十八年。

教师节偶得

夫子绝粮陈蔡[①]间，昼观星斗[②]叹时艰。
煤炱[③]入甑回先攫，物象归心理更蛮。
识己知人能跨海，课徒传道事攀山。
秋风叩响梧桐叶，却问楼头月一弯。

① 绝粮陈蔡，典出《吕氏春秋》。因误解颜回，孔子感叹："所谓眼见为实，也未必可信。"

② 昼观星斗，白昼可见星辰，言极饿状。

③ 炱，音 tái，煤块烧后的煤灰。

八月十九返乡，是夜感怀（古风）

沧州为故土，献县是吾乡。
京城四十载，常忆小村庄。
白露月初亏，登程晨已凉。
往返一千里，浮云比路长。
金铺玉米道，玉缀枣林廊。
倭瓜垂架黑，柿子倚枝黄。
乡音传闾里，雁字向衡阳。
寂寞红锈锁，见我尚迷茫。
桌椅尘封下，杯盘冷灶旁。
南市买肉蛋，西市买葱姜。
东厢炊晚饭，围坐喜先尝。
屋外寒蛩叹，窗前夜着霜。
繁星潜月影，当院满银光。
前邻时犬吠，笑我搜枯肠。
明朝鸡扰梦，离家起彷徨。

沙　虫

白衣君子世无争，乐见滩头水纵横。
月影潮声云竞渡，星光渔火海微明。
洁身栖岸情尤切，笃志清心浪并行。
直面汪洋何所欲？暖沙一片慰平生。

雨夜宿威海

溦雨不沾衣，潮来堆雪时。
船明星近岸，树响夜吟诗。
环翠楼[①]余影，刘公岛[②]隐姿。
窗前寒气重，待晓奠龙旗[③]。

①　环翠楼，威海高阁，可俯瞰全城，五百年间屡毁屡建。余宿之馆恰在环翠楼旁。

②　刘公岛，在威海市东，自战国迄今，人文遗迹甚多。甲午海战中北洋水师终殁于此。

③　奠龙旗，指祭奠北洋海军将士。余至威海次日，即百廿年前大东沟海战之时，与水师后人同往刘公岛北洋海军将士纪念碑前献花奠酒。

登威海环翠楼

十万飞云奔眼底，八千碧浪尽来朝。
满城翠色怀中玉，数点青峰天上桥。
幻化烟霞生史册，翻新古邑乐唐尧。
凭栏远眺刘公岛，沧海高风起大雕。

游刘公岛

山羊麋鹿[①]遇熊猫，林下馆中各逞娇。
炮舰码头生铁锈，海军公所战云消。
松涛带雨歌沉醉，云影随舟梦寂寥。
队队游人观胜景，可知旧浪即新潮？

① 山羊麋鹿，即刘公岛动物园内长鬃山羊与梅花鹿皆台北动物园所赠。

青岛春和楼[①]

宴罢中堂[②]羞甲午，留书南海[③]醉方回。

斯楼亦是寻常地，不外千秋酒一杯。

① 春和楼，青岛餐饮业第一老字号，开业于1891年。北洋大臣李鸿章等尝宴饮于兹。匾额乃康有为留题。

② 中堂，此指李鸿章。

③ 南海，此指康有为。饭后曾在此店题字。

咏 崂 山[①]

银杏老榆将比寿，凌霄古柏已千秋。

不知黄海从前岸，应在崂山第几丘？

① 崂山，道教名山，青岛之东。山中古银杏、榆树皆数百载，太清宫中有“古柏凌霄”一株，传为汉代所植。

故地秋游杂咏六首

彝伦堂[①]

朱殿卅年记忆中，高高檐角比山崇。
温书备考冬连夏，冥想沉思雨共风。
槛外槐花香太学，堂前日晷定时空。
今携小女重相见，矮旧难如梦里同。

① 彝伦堂，国子监藏书之所，在皇帝讲学“辟雍”之北。曾为首都图书馆大阅览室，开放多年。余少时浸润其中，受益良多。

前肖家胡同

幽悠胡同旧吾家，几处槐杨噪暮鸦。
刘宅[①]鱼缸庭院列，朱门[②]栋宇夕阳斜。
芳邻炊饭香先至，瓜事隔墙蔓早爬。
此景于今将拆尽，空余老屋向谁夸？

① 刘宅，胡同中段路北，有“梳头刘家”宅院，祖辈在宫中为后妃梳头，以此发迹。院落三进，有鱼缸排列，饲鱼养莲，直至上世纪九十年代。惜今已荡然无存。

② 朱门，原为清隆裕太后总管小德张外宅。雕梁画栋，磨砖对缝，规模宏大，前门在永康胡同，后门在前肖家胡同。后辟为邮电部宿舍，今已不存。

罗锅槐[1]

辟雍西侧瑞槐[2]南，饱学躬身日夜参。
小子不知千古事，春春树下挖蝇蚕。[3]

① 罗锅槐，国子监内古槐，树干东南倾。在辟雍之西。

② 瑞槐，国子监内“吉祥槐”，传为元代国子监祭酒手植，后枯死。乾隆为母寿，古槐复荣，帝以为奇，特赐《御制国学古槐诗》。诗云：“黄宫嘉荫树，遗迹缅前贤。初植至元岁，重荣辛未年。奇同曲阜桧，灵纪易林乾。徵瑞作人化，符祥介寿筵。乔柯应芹藻，翠叶润觚编。右相非夸绘，由来事可传。”

③ 余幼时读书，全民参与爱国卫生运动，小学生春季挖蛹灭蝇，乃必修之课。当其时，公厕墙根，乃至树之下、沟之沿，皆为挖蛹胜地。余多在槐下挖蛹，罗锅槐下蝇蛹最多。

琉璃牌坊[1]

暑到牌坊热顿消，凉生白玉倚琼瑶。
枕书柏子敲幽梦，听雨芭蕉度远箫。
衰草寒蛩催岁月，券门石阶咏清寥。
古藤犹记儿时我，蔓臂风中不住摇。

① 琉璃牌坊，国子监内牌坊。汉白玉石座，七脊三券门，周身琉璃。南面书“圜桥教泽”，北面书“学海节观”，皆乾隆御笔。余年少时，多在牌坊下读书小憩。

五道营[①]

小店云排处处新，茶寮酒肆满游人。
后墙翻作前门脸，老板非关原住民。
安定箭楼成紫陌，雍和宫院对红尘。
旧京哪是今朝样，胡同不知金受申[②]。

① 五道营，明武德卫营，清改称五道营，西至安定门，东至雍和宫，紧邻北城根。

② 金受申，著名老北京民俗作家，所著《老北京的生活》一书，自民国时出版迄今畅销不衰。五道营西口99号为其故居。

童年琐忆

房檐摘枣常惊瓦，竹片弯弓射老猫。
挖蛹翻泥双手黑，借书逢雨一身浇。
搬煤运炭添炉火，续水帮厨剪蒜苗。
最是地坛松下睡，韶光挥霍遣无聊。

以上杂咏六首载于2015年4月28日《北京日报》第18版

补　牙

唇舌尚好齿先残，食惧生鲜饮惧寒。
绕指柔催钢百炼，穿岩瀑下水千滩。
长堤蚁穴须防杜，密栅羊牢即久安。
电钻挠钩齐上阵，牙根方寸战狂澜。

九月雾霾连五日偶得

孔明乘雾令旗挥，十万雕翎骤雨飞。
倘若京城为赤壁，朝朝满载箭船归。

癸巳行吟

初夏访赣五首

眺庐山秀峰[1]（折腰体）

独步龙潭[2]眺秀峰，何期李白此中逢！
林泉潄玉通禅院，壁壑裁天挽涧松。
米颠遗墨浓荫扫，苏子踏歌气度容。
钢索缆车行次第，随鹰直上向云冲。

① 秀峰，位于庐山南麓，可直观飞瀑奇景。李太白、苏东坡皆留名句。

② 龙潭，庐山东南五老峰下。水至清澈，摩崖石刻尤多，米芾字迹清晰可辨。

游景德镇古窑

怀玉山前斫短松，清香满担绕青峰。
掩门童子封窑室，驭火能工引赤龙。
三昧飞腾生釉彩，一炉幻化绽芙蓉。
芳姿最是梅瓶[1]具，别样流霞暮色浓。

① 梅瓶，出于唐，盛于宋辽。宋时称为“经瓶”，酒器。瓶体修长，小口、短颈、丰肩 、瘦底、圈足，明以后因其口小与梅之瘦骨相称而得名。

石钟山怀古

万顷鄱阳一扣钟[①]，朝朝月下起潮龙。
长江有信提湖口，鬼斧无情斩石峰。
苏子鸿文[②]真探就，道元经注[③]简难宗。
九江游客多如鲫，空使噌吰[④]夜夜汹。

① 一扣钟，石钟山位于鄱阳湖湖口县，如一石钟倒扣，故云。
② 苏子鸿文，指苏轼著名散文《石钟山记》。
③ 道元经注，郦道元《水经注》曾记石钟山。
④ 噌吰，钟鼓声。

过甲路村[①]

炊烟细雨起幽思，甲路花桥[②]尚有诗。
天井久潮苔暗绿，石楣半旧字参差。
村中驿道鸡鸣夜，陌上桑田鸟落时。
古巷云撑油纸伞[③]，丁香愁怨[④]几人知？

① 甲路村，婺源古村落，始于唐。通衢要道，上至徽州下达饶州，故名甲道，俗称甲路。
② 甲路花桥，宋绍兴元年，岳飞路经村中“花桥”曾留诗：“上下街连五里遥，青帘酒肆接花桥。十年争战风光别，满地芊芊草色娇。”
③ 油纸伞，甲路村特产油纸伞，始于康熙朝。民谣曰：“景德镇的瓷器甲路的伞。”
④ 丁香愁怨，见戴望舒《雨巷》。

临江仙·过白鹿洞书院[①]

白鹿洞前虫百万，[②] 不知何处神兵。
如风似雨逆人行。
黑云随客走，幽谷不安宁。

五老峰南朱子院，群贤仰望长庚。
书声琅琅易蛩鸣。
古时求学地，今日只留名。

① 白鹿洞书院，位于庐山五老峰南麓后屏山下，宋代即被誉为中国四大书院之一。朱熹曾在此讲学。

② 书院内外黑飞虫不计其数，游人甫至，如影随形。

客居“半山鲤”吟得

梨子初黄半压枝，柴扉虚掩客来迟。
蔷薇叠影香幽草，瓜果丰姿俏绿篱。
黄蝶旋飞连翠黛，红鱼曼舞乐青池。
乡歌更在山溪外，白鹭方塘又入诗。

戏题伏天健行

柳叶杨枝半数焦，鸣蝉午后助无聊。
足心蹈火烧鞋袜，胸口烹汤炙背腰。
夸父神行追烈日，[①] 病夫勉力望高标[②]。
棉衫汗透何须计？一阵清风暑气消。

① 典出《山海经》之《夸父逐日》。

② 高标，指高耸特立之物。见李白《蜀道难》：“上有六龙回日之高标，下有冲波逆折之回川。”

沧州行（排律）

雾散朝阳后，东南尽坦途。
炊烟时绕柳，雀影偶惊湖。
玉米青纱帐，秋光锦绣图。
村边添广厦[①]，陌上少农夫。
草木荣郊野，身心远帝都。
平生不近酒，憾饮一杯无。

① 广厦，高楼大厦之盛，已从都市延至乡村，农舍田园因之大变。

访樟树三皇宫[①]

药都[②]樟树觅仙方，不计炎天汗雨滂。
险壑青崖藏百草，神堂古庙祀三皇。
飞刀白芍[③]梨花舞，旋匾[④]水丸枯叶扬。
偶有轻风檐下过，幽幽满院自生香。

① 三皇宫，江西樟树市古迹，正殿供奉伏羲、神农、黄帝而得名。

② 药都，樟树自古为南国中药材加工集散地，被誉为“中国药都”，有“药不到樟树不齐，药不过樟树不灵”之说。

③ 飞刀白芍，有老药工丁杜如者，刀工细密，下刀处有“白芍飞上天”绝技。

④ 旋匾，指摇动炮制水丸的细竹匾。

游泸溪河[①]眺悬棺

百里泸溪万载清，水行山处越人生。[②]
一篙烟雨风轻缓，千仞丹崖势纵横。
金桂树边分土酒，芭蕉窗下品蛇羹。
闲听舟子悬棺解，却羡朝朝对碧泓。

① 泸溪河，位于江西上饶县，属信江支流。

② 古时闽越人居于山而行于水。

吟得宜春明月山[①]

青云栈道[②]绝红尘，古井温汤[③]润世人。
终老林泉当适彼[④]，山明水月总宜春。

① 明月山，赣西宜春山名。顶有平湖，多林泉，景清幽。

② 青云栈道，明月山千米之上绝壁有栈道，道与云齐，名曰青云栈道。

③ 温汤，宜春有古镇曰温汤，镇有千年古井两口，日出富硒温泉万余吨，取之不尽，用之不竭，可浴可饮。

④ 适彼，语出《诗经 · 魏风》“适彼乐土”。

夜宿温汤古镇

皎月山飞度，温汤地捧来。
泉淙琴次第，石暖鸟徘徊。
冷雨寒蛩静，霜林晓雾开。
氤氲升古井，何处染苍苔？

山行杂记

青峰守旧[①]地红氍[②]，叶舞风歌瀑捧竽。
雨访谯楼[③]观柱础[④]，云迎栖隐[⑤]拜浮屠[⑥]。
晨钟过耳禅初觉，古刹宁心欲顿无。
殿角金铃惊雀影，千秋银杏[⑦]一须臾。

① 守旧，梨园术语，即戏台幕布。清代新式舞台出现后，仍用门帘大帐，故称“守旧”。

② 红氍，舞台地毯，借指舞台。

③ 谯楼，即袁州谯楼，始建于五代南唐，为世界现存最早报时天文台。

④ 柱础，袁州谯楼内八柱础，方形八角，疑为千年遗物。

⑤ 栖隐，即宜春仰山栖隐禅寺，建于唐，逾千年，今为原址复建。

⑥ 浮屠，梵文“佛陀”旧译，亦指佛塔。栖隐禅寺后，有宋代以来高僧塔百余座。

⑦ 千秋银杏，寺有古银杏两株，传为首任住持慧寂禅师手植。

密云水库晚秋

昆仑未至会瑶池，鸟宿鱼潜两不知。
一水清澄天着色，今秋何处更添诗？

冬日送恩师之纽约

人生万里似浮槎，但有椿萱便是家。
驭气排空飞去也，今朝父女不天涯。

冰　瀑

山泉漱玉止于寒，琴瀑罢歌风不弹。
留待京城初雪后，银装西岭一齐观。

壬辰闲情

二月廿六京城夜来雨雪

春雨化飞雪，凌晨下碧霄。
中原成一色，玄影起孤雕。
天地风云外，江山笔墨寥。
古来观自在，谁复胜渔樵？

鹊桥仙·茶花

茶花一树，枯枝半是，过后春风留下。
阳台只道最温存，竟落个，余生造化。

前时花事，新成旧梦，更与谁人雨话[①]？
繁华散尽转头空，莫剪去，由他入夏。

① 雨话，即友人相聚晤谈旧事。杜甫《秋述》序曰：“秋，杜子卧病长安旅次，多雨生鱼，青苔及榻。常时车马之客，旧雨来，今雨不来……”喻写人情冷暖。留典“旧雨”“今雨”，成旧友、新友代称。

怀柔镜湖之秋

秋山晨照水初寒，白苇黄芦绕浅滩。
万木萧萧皆入画，清啼何处到栏杆？

腊月廿一日三更偶赋

冷雨凄风雪又来，严寒一夜梦难裁。
披衣久立无情处，昨日秋光再不回。

岁末戏题

温情短信胜天寒，乐乐呵呵又一年。
白发只当风卷雪，皱纹原本笑堆山。
凌波案上香如蜜，冬雨云中淡似烟。
珍重窗前杨柳色，早莺飞处即春还。

雅典行（古风） 并序

壬辰冬，尝访希腊，居雅典数日。海映碧天，山戏浮云，殿宇堂皇，屋舍古拙。乘轮游爱琴海三岛，水拍石岸，人居仙山。过马拉松市，晤其市长，畅叙两千五百年前希波战争与马拉松长跑之来历，又谈及希腊债务危机之窘境，令人扼腕喟叹。次日登雅典人精神所系之帕提侬神庙，见神废庙倾，野犬满山，断柱颓石，风中低鸣。抚今追昔，遂作雅典行。

君不见，爱琴之海连天碧，战云翻滚如掠地。
山重海复无尽头，长风万载承浩气。
君不见，山摇地崩石殿倾，宙斯神伤何处寄？
波斯琵琶动地来，十万雪刃垂天翼。
毒隼盘桓月影乱，恶龙争滩腥风起。
金戈寒彻马拉松，万户难眠鼠颤栗。
橄榄枝摇徒向日，葡萄园中绝人迹。
雅典女神语殷勤，一万壮士起蓬门。
千骑佯攻安钓饵，左右突出溃中军。
断剑残矛埋荒草，乱石难安异乡魂。

猛士狂奔八十里，捷报飞传满城欣！
人类首开东西战，希腊自兹如盛春。
数理哲艺皆显学，繁星万点尽达人：
苏格拉底常冥想，阿基米德善求真。
智慧可曾神赐予？西土文明遂有根。
至今卫城神殿上，犹有天马跃层云。
石柱擎天神光护，玉阶铺地向海滨。
海风和煦波不扬，咖啡香与海边长。
午后倦卧暖阳下，海鸥飞过小轩窗。
闲逸人生岁连岁，欢饮通宵狂复狂。
忽如一夜霜雪降，国家举债负空囊。
众神之城神安在？荣光褪尽最堪伤！
君不见，神庙倾废寒风劲，暮色沉沉湮八荒。

辛卯观澜

宝岛踏歌五首

九族文化村[①]遇二月早樱

红绡锦帐笼烟霞，林下石边承露华。

信步春光多少梦，谁家云鬓试簪花。

① 九族文化村，台湾日月潭边一民族文化园。园内遍植樱花树。

埔里[①]绍兴酒

南投埔里酒醇香，陈绍[②]斟来琥珀光。

三面轩窗先醉客，越人直道是家乡。

① 埔里，台湾南投县北，日月潭边。气候宜人，物产丰美，有“小洛阳”之称。

② 陈绍，即陈年绍兴老酒。

晨游日月潭

碧澄春水起山岚，栊翠合光日月潭。

晓岸扁舟宜载酒，纵无烟雨也幽涵。

新竹内湾老街（古风）

新竹多古木，斫之出内湾[①]。
铁道车犹在，老街人更闲。
春溪摇玉臂，野岭挽云鬟。
久坐香樟下，何须眺远山。

① 内湾，台湾新竹横山乡一村落，内湾支线铁路终点。二十世纪横山原木皆由此运出。

冬雨游乌来[①]

翠谷云峰一瀑穿，斜飞细雨满林渊。
池中锦鲤山中客，座上香茗世上仙。
荒径蜿蜒应入画，清檐断续似调弦。
谁人野渡扁舟系，只待随风到辋川[②]。

① 乌来，山胞土语，意即“冒烟的热水”。台北南端山林，多飞瀑流泉。

② 辋川，即辋川镇，陕西蓝田城南十里，秦楚之要冲，京畿之屏障。唐诗人王维曾绘《辋川图》，喻为士林神境。

清平乐·雪祝

阴沉午后，卷地寒风透。
久别浓云消永昼，玉将琼兵列就。

飞花辜负长冬，天干物燥相逢。
梦待霜鸡报晓，京城起舞银龙。

题穆公《对弈图》

对弈双松下，风轻鸟不鸣。
烂柯山①尚在，何处听敲枰？

① 烂柯山，衢州东南，又名石室山、石桥山。《水经注》云：晋人王质入山砍樵，见二童子对弈，一局未了，斧柄已烂，回村方知已数十载矣。故石室山称烂柯山，围棋亦别称“烂柯”。

中秋遇晨雾

雾锁中秋昼掩光，悲欢皆付白茫茫。
人间万事虚无后，不见嫦娥梦也香。

天宫一号[①]（古风）

酒泉夜色凉如水，箭指天南星在北。
地火狂喷催赤焰，天宫卜居度经纬。
凌霄振翮周天弋，下瞰云文如雪蕊。
辰宿列张星斗近，天宫窗外景殊美。
广寒殿角动金铃，树影风前惊月桂。
信步天街谁是客？徜徉碧落我先醉。
姮娥帘卷观新筑，知有故乡人再会。
君不见，人间百代通天路，亿万心弦凝一触。
浩宇自兹添玉宇，往来天地舟争渡。

① 天宫一号，中国载人航天工程发射的第一个目标飞行器，也是中国首个空间实验室。

踏莎行·蟹岛秋游

细柳书长，骄鹅写寿。
秋光岂落春光后？
青畦带露绕柴扉，纯粮造酒香衣袖。

童叟临池，银钩守候。
无肠公子[①]脂膏透。
灯明茶酽战方城[②]，温泉水暖观星宿。

① 无肠公子，螃蟹别称。
② 方城，麻将牌别称。

散步偶得

太阳何所系？生命一孤星。
天纵时空外，地浮宇宙中。
观云知紫气，顾影见青萍。
岁月能容我，多情小肉虫。

奉贺程公卅年杏坛盛典而作

楚材晋用[①]未消磨，宕迈人生写壮歌。
廿载孤忠托漠海[②]，卅年直笔耀星河。
裁诗泛梗追屈赋，治学开宗岂越戈[③]？
喜寿[④]今朝期米寿，门生故旧庆云[⑤]多。

① 楚材晋用，典出《左传》：“晋卿不如楚，其大夫则贤，皆卿材也。如杞梓、皮革，自楚往也。虽楚有才，晋实用之。”今喻人才流失。

② 漠海，此指青海苍凉荒漠之地。

③ 越戈，越国货币，此指财物。

④ 喜寿，七十七岁雅称。因喜字草书近似竖写的“七十七”，故云。

⑤ 庆云，祥瑞之云。《新唐书·百官志》：“凡景星、庆云为大瑞。”

文贵公亲酿米酒见赐得暖字（古风）

潋滟千岛水，迤逦富春江。

清流何澄澈？满月散银光。

物华饶淑气，淳安教化长。

中洲古镇外，嘉木接修篁。

青山碧如玉，稻田金胜黄。

岂无丰年酒？坊前拜杜康。

松烟时袅袅，糯米细且香。

泉甘如添蜜，糟白似敷霜。

廊下弥馥郁，蒸雾透芸窗。

醇酿因风转，何似在仙乡！

麯入坛尤洌，米散愈清汤。

百年唯赓续，五代传金方。

童颜春不尽，养生奉琼浆。

七贤竹下聚，偃仰共流觞。

老杜应足慰，太白或楚狂。

况是寒冬夜，围炉热中肠。

招饮不须醉，万古乐未央。

感君多暖意，因梦到钱塘。

庚寅怀古

行香子·夜宿扬州

水月如灯，来照烟塘。
青丝柳，拂拭山房。
寒蛩浅唱，回绕堤廊。
向五亭桥，大明寺，小凫庄。[①]

重游故地，[②] 楼台依旧。
绿杨春，一样清香。
倏然六载，鬓染微霜。
念韶华浅，人易老，转苍凉。

① 此三地皆瘦西湖胜景，与夜宿之扬州迎宾馆渐行渐远。
② 2005年7月曾与妻同游扬州，2010年又至，故曰重游。

同里即景

鱼鹰入水偶抬头，久系船舷不自由。
俗务缠身鹰似我，辛勤只为稻粱谋。

游个园[1]

青青簇簇复层层，半竹园中水碧澄。

一径修篁追日影，满墙个字墨难凝。

① 个园，在扬州城东北，又称“半竹园”，大盐商黄至筠建于清嘉庆年间。满园以竹为趣，竹叶形如“个”字，故名。

以上二首载于《中华辞赋》2018 年第 7 期

观剑池

鹅头大篆[1]剑池深，碧水幽藏直到今。

宝刃三千[2]吴国铸，钢锋何日阵头吟？

① 鹅头大篆，指虎丘石壁“剑池”二篆，字高及人，入笔如鹅头，古朴苍劲，不知所书者谁。有传为王羲之所书，无稽之谈也。

② 宝刃三千，据方志记载，剑池下即吴王阖闾墓。传“专诸”“鱼肠”等三千宝剑皆陪殉于此，故名剑池。

晨游金山寺西望

隐隐晨钟鸟不喧，江天古寺悄无言。
芙蓉楼[1]外柳阴下，可有冰心寄故园？

① 芙蓉楼，指原位于镇江城内月华山之芙蓉楼，为东晋刺史王恭建，至唐犹存。今移至江边，与金山寺隔水相望。自王昌龄诗《芙蓉楼送辛渐》后，声名远播。

游金山寺[1]偶得

掘金建寺裹金山，法海[2]清名至此还。
多少人间颠倒事，雷峰塔[3]下是非关！

① 金山寺，位于镇江市西北。《金山志》载："山有佛寺，始建于晋明帝时。"屡毁屡建，现存佛殿为1990年重建。

② 法海，唐名相裴休之子，著名高僧，历尽艰辛，重振金山寺，有江边掘金再建古寺之说，今有古法海洞、白龙洞等存于寺内。宋张商英诗："半间石室安禅地，盖代功名不易磨。白蟒化龙归海去，岩中留下老头陀。"

③ 雷峰塔，位于西湖南岸，传吴越国君钱俶为其妻黄氏得子而建，原名黄妃塔。因地处夕照山之雷峰，世称雷峰塔。塔于1924年倒塌，今已重建。民间传说《白蛇传》之白娘子被法海镇于塔下。

秋谒叶圣陶[1]墓

授业岂图五斗粮？一身师表玉生光。
西厢古寺[2]松林后，落叶碑前菊正黄。

① 叶圣陶，苏州人，原名叶绍钧，字秉臣。我国现代著名作家、教育家、编辑家、出版家和社会活动家，卒年九十四。

② 古寺，即甪直保圣寺。叶圣陶曾于保圣寺西院执教，后葬于斯。

咏虎丘塔（排律）

吴郡云岩塔，千年东北倾。
深林形在望，绝顶势峥嵘。
景自三层阔，风从八面生。
重檐接碧落，莲座掩黄英。
云起身归隐，月来影纵横。
桥青石着色，钟远夜添声。
古寺尘缘近，禅堂世事明。
山南灯火处，万点映长庚。

游同里[1]古镇

吴江同里鸟声喧，试过三桥[2]尽美言。
任上官员皆不至，只因内有退思园[3]。

① 同里，江南著名六大古镇之一。位于太湖之畔古运河之东，始建于宋。

② 三桥，即当地著名的太平桥、吉利桥和长庆桥。同里人有“走三桥”习俗，取其消灾解难、幸福吉祥之意。

③ 退思园，建于清光绪时。园主任兰生，字畹芗，号南云。光绪十一年为人所劾，落职回乡，以十万两银营园，名“退思”，其园精巧绝伦。2000年，退思园被列为世界文化遗产。

游鼋头渚[1]

浩瀚太湖水，涵虚涤世尘。
远山横翠黛，鼋渚扼云津。
帆展千张翅，波生万点鳞。
何年除藻患[2]？物候念兹民。

① 鼋头渚，横卧太湖西北岸，因巨石突入湖中，状似神龟昂首而得名。有“太湖第一名胜”之称。

② 藻患，2007年太湖蓝藻泛滥，污染严重，已为生民之患，现在治理中。

访宜兴陶庄

补天炼石土生精，绛壤朱泥最有情。
古井清泉型造就，龙窑[1]烈焰器方成。
红云一捧秋山艳，紫气三分曙色明。
寒夜客来诚快事，茗香数盏步轻盈。

① 龙窑，亦称“长窑”，始自商代。依一定坡度建成，如斜卧之龙而得名，烧制陶瓷，多在江南地区。

游 枫 泾[1]

香蹄漫画两丁家，[2] 临水更须一盏茶。
廊榭石栏春几度，云桥曲巷日方斜。
灰墙黑瓦添新墨，碧树青藤宿老鸦。
屋漏旧痕[3]皆笔意，夜深何处剪灯花。

① 枫泾，上海西南，千年古镇。此为古吴越交汇之地，“一镇跨吴越”闻名。

② 枫泾蹄髈闻名遐迩，因店主姓丁，故称“丁蹄”。亦为著名漫画家丁聪故里，今尚有其漫画馆存焉。故曰“两丁家”。

③ 屋漏旧痕，指“屋漏痕”，出自唐代大家颜真卿与怀素论书法，后为书法用语。其用笔如破屋壁间之雨水漏痕，凝重自然，后人引为著名技法。

雾中看周庄[①]

烟桥一帧笔休添，画向朱楼卷翠帘。
宋水昆山[②]多旧橹，唐风泽国尽重檐。
谁家新妇烘糕饼，何处丝弦唱却奁[③]？
最是船娘歌数曲，吴音迤逦写缃缣[④]。

① 周庄，著名古镇，位于苏州东南，昆山、吴江、上海三地交界处，始建于1086年，因邑人周迪功捐地建全福寺而得名周庄。

② 昆山，秦代置县，今隶属苏州，为昆曲发源地。

③ 却奁，昆曲《桃花扇》中一折。

④ 缃缣，浅黄色丝织品，此指水面波纹。

以上六首载于《中华辞赋》2018 年第 7 期

行吟歌赋

买磲得珠记

乙未夏，余自广西北海侨港镇购得砗磲一尊。双贝半合，亦掌拊，亦莲开。其重如磐石，其润如荆玉，其纹如希腊裙裾，飘飘若举。余甚宝之，置于书墙之下，相映生辉。

及至夜阑，闲坐砗磲一侧，摩挲细赏。倏见内壁玉化处，怀有珍珠一粒。大小如花生，其质已半珠半玉。玉化之处，呈一心形，此珠恰在心尖，如项链之珠坠，妙不可言。由是深感世间万物，皆天地之厚赐，瑰丽奇绝，多超乎想象，非人力所能及也。遂禀吾师建功先生。

师亦奇之，借曹子建《与杨德祖书》之典，称之为“握珠抱玉”，言怀抱玉化之砗磲，内握珍珠，堪谓惊世绝伦。师为之赐名“建安砗磲”，以和子建与德祖之宏文。又出《抱玉吟》《握珠惊》古风二题，命余试赋之。

抱 玉 吟

陈王伞盖常逡巡，芳蔼萋萋洛水滨。

轻云蔽月多情夜，回雪流风宛转津。

长滩不禁轮折回，辗转泥辙尽车渠。
深痕日久生精魄，幻化南洋作砗磲。
砗磲卧沙近龙宫，为寻宓妃下金舆。
海波涌动潮声烈，千秋一日念如初。
其心也若金，其质浑如玉，其情柔似水。
神贝形如般若掌[①]，罗衣彩裾飘飖起。
蕰[②]藻散缀云纹外，犹似洛川春迤逦。
润德常怀冰气质，摩挲仿佛海声音。
漫说远足曹魏后，泛梗汪洋不复临。
天涯浪迹惟持守，笃信沧桑即宝琛。
闻言不觉蝉鸣树，长宵深坐启澄襟[③]。

① 般若掌，传为佛门拳法，此指砗磲形状似罗汉合十。

② 蕰，音wēn，水草。

③ 澄襟，指高洁的胸怀。

握珠惊

沧海珠有泪，万古自沉吟。
不愿身投暗，常怀玉洁心。
宝蕴光含承日月，一朝辞海访知音。
浪送千湾终将别，别时涛歌犹和琴。

忆昔建安多才子，鹰扬振藻兴未已。
灵蛇更兼荆山玉，八纮[①]罗列皆至此。
辞赋高视铜雀台，魁斗璨璨天在咫。
星驰俊彩举千里，一时际会风雷始。
子建神凝结珠玑，随波远逝不知归。
云海滔滔无觅处，龙宫几度掩重闱。
悠悠百代余一粒，每映长空冰魄飞。
冥思静处砗磲内，入定年深着玉衣。
君自南海回，皎皎明如许。
魏晋遗风骨，士林今渐去。
相问玉壶冰，何处是羁旅？
一握泪沾襟，久久竟无语。

① 八纮，指八方极远之地。

此诗文载于《北部湾文学》2016 年第 5 期

奇珠咏

砗磲者何？与金、银、玛瑙、琉璃、珊瑚、珍珠同为佛家七宝，诚吉物也。虽早有耳闻，惜从未得识真容。忽一日，有报馆同仁腕戴手珠一串示余，晶莹通透，珊珊可爱。问其材质：“白玉耶？玛瑙耶？”斯人笑余浅识，手捻佛珠，铿然作响，明窗之下，当空一举，掌上顿起簇簇荧光。其人曰：“此上等砗磲尔！汝竟不识？”吾惊羡之余，忙向珠光宝气揖而谢之。

及乙未孟夏，余度假于广西北海之滨。至侨港，见商肆鳞次栉比，螺壳溢彩，南珠蕴光，海中奇珍满目琳琅。正行间，陡见一庞然大物赫然堂前，叹为观止，不禁驻足。其状如贝，大如畚箕，其色灰白，上附珊瑚、沙砾、海藻之属，皆苍茫之感，仿佛岩浆冷却之石，日久年深，不知从来。问店家，曰：“此砗磲也，客官不识？”余回想，报馆同仁洋洋自炫之物或竟出于此？奇哉！遂不忍就离，逡巡良久，俯身细观之，见其内壁如琼脂明透，以手抚之，玉润而冰莹。

问其详，始知此物产于热带深海，足丝附着珊瑚礁之上，又称“贝王”。大者身长四尺有余，重逾六百斤。

古人因其状如车辙而名之，谓“砗磲”也。砗磲生长缓慢，寿及双百。

甫离店，即思之心切。归寓所，竟魂牵梦绕，如醉如痴，几至食不甘味，寝不安席。次日平明，径去店中，见其安之若素，忙呼来店家，并不问价，从速买下，心方稍安。

逾五日返京，并无音信，忙致电催问。店家笑道：“方数日，何至于此？”又卅日，砗磲抵京，急赴货栈接迎。至家中，从容就位，虬根为托，砗磲安坐其上，以黄绦稳固，古趣盎然。复观之，似尤胜于北海初见。摩挲细赏，不知暮之将至。及黄昏，秉灯观之，晶莹更甚。熄灯赏之，神秘平添。以清水拭之，觉指尖生凉。以落英缀之，若幽情暗送。粗岩其外，势如金刚；温玉其中，静如处子。浑然一体者，虽天工未必成也。

夜渐深，移座与之相对，蝉声止，秋虫息，四外悄然。视良久，倏见砗磲内竟有宝珠一粒，通灵圆润，兀自生辉。初以为幻，轻触之，存俨然。

少顷，余净手焚香，掩去明灯，延月光入室。清辉之下烟篆袅袅，砗磲半翕，宝珠轻缀。天将子时，困意暗生，欲归眠，忽见宝珠熠熠，其光大增，不多时，竟半室通明。斯时香燃近半，珠光由强渐弱。旋复明，砗磲之上，珠光铺展素笺一帧，光影盈盈，字体清逸，依稀可读，约略书信数行。余不敢稍动，身前倾凝神视之，竟是一封奇书！

书曰："西王母之药，非长生丹，何来永寿？非凌虚散，无益飞升！曩昔吾所服者，实乃心剂也。此伏羲、神农尚不能解悟，况帝尧、后羿乎？世间讹传者，不外有二。一曰吾不甘清苦，偷药而奔月，妄记于《淮南子》；二曰羿与宓妃幽情，吾愤而飞升，虚书于《天问》。皆大谬矣！悠悠苍天，知吾者谁？桂魄清寒，不及吾心；蟾宫空冷，不及吾情！冰轮乍涌，怕观万家灯火；中天朗照，独守一团清辉。世人所谓月相之朔望盈亏，与我何干？广寒所谓梧桐、玉兔、吴刚之属，诚为幻相。叹矣哉，吾心千载若何？惟珠泪一滴尔。愿留此信，寄于沧海古贝中。何期此玄机为李义山所道破也！"

方读至此，遥闻天鸡一啼，立时光敛辉收，古贝复原。余再焚香蹈矩如前，久候之，然终不再现。

余心中自忖，北海初识，一奇也。意外得珠，二奇也。珠怀仙笺，三奇也。小子何德？造化厚赐，教知天上人间悠情若此，惊憾萦怀，感喟良多。

旬月后，尝将古贝结珠事就教于方家。高士云，此万中无一，宝物非有缘者无以得，所言如不虚，君幸甚。

噫，珠泪岂吾幸，惟憾姮娥尔！遂作《奇珠咏》以志之：

碧水长天梦也迢，奇珠抱恨别重霄。
姮娥怨诉鲛人怨，桂魄憔添浪底憔。
海树生花开复落，星眸带泪近还遥。
砗磲枉记千年信，永夜空劳和晚潮。

此文载于《北部湾文学》2016 年第 5 期

海螺记

出京南行五千华里，即南海之北部湾。湾有古邑合浦，治所今在北海。北海三面环海，惟东北向与陆路相连。方士尝言，此地有仙家气象。仙气郁郁者，藏于西郊冠岭。余恰寓居冠岭左近，举目辄见青山，常往山中一游，真福地也。

余登冠岭之巅，有古灯塔矗立。于斯远眺，西向则臂弯拥海，平波万顷，钦江更在夕阳之外；东向则楼宇林立，都市繁华，银滩尽显澄明之色。银滩西尽，北海濒南，山势自海涌出。断崖百尺，山风呼啸；云逐千帆，奔来眼底。出尘凌世者，非冠岭莫属。岭脊高而坡缓，连绵十余里，苍翁如玉，形似冠冕，昂半岛龙首，吞吐西南。至于方士仙气一说，不外玄言妄语，惟一笑云尔。

一日午后，日向西沉，暑热渐消，余遂沿山路盘桓徐行。时有海风过耳，间或山禽清啼；衣襟翕合，顿觉满身清气。登山望海，仿佛仆临仙境，超凡绝尘，何其快哉！余徜徉其间几忘归矣。

俟日吻金波，云著霓裳，方寻所来径。斯时，游人散尽，四下悄然，路上惟树影渐长渐淡，如虬龙伏地，蜿蜒向前。恍惚间，眼前红光一飘，仿佛一道人影闪过，掠过山弯，倏然不见。余不免心中一动。

复前行，及至山腰临崖处，豁然开朗，不禁驻足流连。见海天交辉，霞雯飞度，极目骋怀，壮阔无比。遂择石而坐，慨然自叹：长安半生忙碌，廿载报馆生涯，朝夕伏案，虽不至殚精竭虑，却也华发早生，身心疲倦。今在珠城筑巢，远离雾霾，亲近山海，岂非平生快事？临海伫立，得五律一首，心中得意，见四外无人，遂高声吟哦：“幸有冠头岭，得观北部湾。海从三面至，云自九天还。日暮风轻送，林深鸟未闲。人生安好处，万里亦家山！”

吟诵未已，树影深处，似又有一人影拂过。定睛看时，却又不见。心下暗自称奇。

此时，星开天幕，其辉灼灼，海不扬波，天地悄然。既久，暖风如抚，静生困意，昏昏欲睡。

正寻归路，忽见途中石上坐一女子，见余将至，便起身以待。人地两生，况天色又晚，余恐生事端，故欲避绕之。那女子竟开言问道：“先生莫惊，并无恶意。适才吟诵之诗，可是先生大作？”

余有所悟，方才树丛身影莫非此人？余答道：“然。有何不妥？”

女子反问：“此诗果先生心声否？”

余答道：“言者，心之声也。诗言志。诚发一时之慨！”

女子沉吟，又问：“先生观南海以为如何？”

余笑曰：“善哉！渔舟竞渡，物阜民丰。海阔天空，胸襟大开！”

闻余所言，女子却冷笑道：“人生安好处，万里亦家山？原以为先生见多识广，参悟或多，不想肤浅若此。奈何！”

余亦不悦：“非图姑娘谬赞。与卿素昧平生，又何以语出讥锋？”

女子似有所懑，双目含瞋，趋前两步道：“吾祖居南海，今家园将废，不忍睹也。先生竟视而不见，反作浮夸之语，岂不令人齿寒！”

余一惊，问道：“卿乃何人？意欲何为？”

女子道：“吾南海鲛人，名曰玉诺。今过冠岭，闻君吟诗，不以为然，遂候于归途，愿与足下论。”

余闻言又一惊。细观斯人。见其云髻高绾，青丝垂

鬓，星眸如电，雪肤似玉，腰身颀长，肩若削成，背隐双翼，五色斑斓，上着珍珠短衫，纷披流苏缨络，下穿长裙裹带，随风飘荡。曩昔余夜读尝闻，南海有鲛人，善歌，多不通人语，惟余平生所未见。今夜一见，始知方士所言或有不虚。

心下兀自懊恼，何期小诗一首，竟招致如此异事！余敷衍道：“既如此，愿闻高论。”

玉诺道：“故乡南海，旧称万里石塘，升平久远。然近年每观，竟大不如夙昔。海族智者，深以为忧。知先生为报人，以为通晓世象，知悉吾苦，不想亦泯然众人。”

余问：“南海如何今不如昔？”

玉诺转身面海，少顷复开言：“吾自幼生长于南海珊瑚礁下，今经故地，竟见旧居颓断矣！一路行来，忍见珊瑚残败，鱼贝濒危。时而数罟天降，虽鱼苗无以脱。前人尚知不可涸泽而渔，今人岂不闻海物亦有断种之虞哉？岂不闻珠辞合浦之故尔？”

余叹曰：“若非孟尝德政，南珠尚在交趾，不知何日合浦珠还。”

玉诺凄然道：“以今日观之，交趾亦堪忧矣！其实何止于此，人境污水奔流入海，不舍昼夜，毒侵水界，恐怖千千。三足龟，四足鱼，无足蟹，病斑蚝，能不见惊？玉诺柔弱一鲛，忍见水族生而无望，死不知终，竟扶危无力，呼号无助，惟泣珠带血，是为至悲！君言‘人生安好处，万里亦家山’，吾今虽家山在望，竟不知何处安好！”言至此，珠泪复扑簌不能自已。其泪落水，竟真化作明珠点点。鲛人泣珠，余始信然，无言以对。

斯时，月上中天，远近渔火明灭，海风习习，抚松吹衣，却不似先前和煦。

半晌，玉诺心绪归于平静，起身辞行，临别持赠海螺一枚，长约二尺，状如凤尾，宝蕴光含。曰：“适才心有所愤，意不择言，语多冒犯，先生海涵。此地一别，再晤无期。赠君海螺一枚，聊以为念。”言讫拜别。

忽而汽笛长鸣，醒来由是一梦。方欲离座下山，见身边石上果有海螺一枚。余骇然。

持之甫听，其声嘤嗡，倏尔渐强渐重，俄顷，响声大作，振聋发聩，惊心动魄：螺中一时狂潮大作，仿佛台风骤至，浪遏飞云。继而空中霹雳沉雷声，罡风席卷声，吼天吼地；海上汽笛马达声，摇桨曳帆声，水手呼喊声，咆哮喧沸；水下海族哀嚎声，鱼虾挣脱声，螺贝

撞击声，裂肺撕心。海螺奇响此起彼伏，余竟不忍卒闻，仰天长叹曰：“呜呼！家山尚在，海国何至于此！”

夜海溶溶，神螺在手。戴月下山，偶得一偈：

因生业果果如因，知止方成般若[①]神。

海国家山皆五蕴[②]，哪来苦厄哪来春？

① 般若（bō rě），梵语音译，意为终极智慧。

② 五蕴，佛教理念，指人体身心现象的构成要素——色、受、想、行、识，谓之五蕴。

此文载于《百花山》2021 年第 1 期

北国更始赋

欣闻雨线北逾青藏，直抵天山，水润西北，已历三载。塞北安西，生机沛然。化千秋之衰颓，变百年之枯涸。雨沐河西，云湿甘陕，绿敷敦煌，翠染戈壁。遂握管怀欣，慨然赋之云尔：

周天流转，斗转星移之势；大千衍道，沧海桑田之功。尔来三千岁，兼得八面风。蒹葭盛而川泽广，荇菜肥而雎鸠鸣。林木深而溪流远，云霞绮而雾霭浓。果蔬香而仓廪实，牛羊壮而鱼米丰。凤舞岐山，帝祚起自渭水；德行天下，周礼制于镐京。玄武一梦，斗柄堪酌北海；白虎三啸，长庚得挂仙松。固有地利之仁厚，诚赖天时之昭明。

嗟夫！又八百载，暖尽寒生。物候骤冷，离乱七雄。礼崩乐坏，九鼎萍踪。权倾四海，始皇兵出秦塞；福照庚辛，汉室振于关中。然则宇内趋寒，回溯曩昔抚膺。则祁连霜苦，嘉峪风酸；玉门雪舞，阳关冰封。至若狼烟铁骑，折戟残弓。白草凄迷，冷山峥嵘。沙海连天，极八荒以穷目；驼铃摄魄，遍四野而归程。轮台白鹤，鸣唳风沙之漠；瀚海胡杨，泪下楼兰之城。毡庐只影，文姬独向冷月；胡笳吹彻，昭君目送转蓬。铁衣冰掩，飞将[1]龙城扫虏；节旄持守，子卿[2]笃志孤忠。云横秦岭，昌黎[3]常作家山之叹；猿啼蜀道，太白时发幽古之情。

即今放眼，则云渡天山，雨过昆仑，若羌故道，湍流向东。阿里沟谷，树木新生。已而兰花承露，沙棘护丘，山羚溪饮，野鹿餐萍。当其时也，羲和[4]长御，驱六螭以回日；穆王[5]骋辔，御八骏而生风。天梯扶摇，采重云而布雨；春风频度，撷群芳以着青。泉名月牙，自有明眸秋水；山赋鸣沙，平添草暗花明。迪化烟翠，非岭南亦浓荫蔽日；银川水碧，非江东犹深柳闻莺。绿茵北进，每岁推行三百里；黄河还清，澄澈或需十余冬。信哉！碧海安澜，方能修文偃武；时和岁丰，自然国运昌隆。

此虽玄黄大周期之数，亦不无人力之所应乎？天行有常，非关贤贤而恶恶；人道有为，犹可和和以融融。冰期渐行渐远，暖流多意多情。余尝枕山卧海，梦宇瞰穹。西亚连阴，时时开渠治水；中东豪雨，处处筑坝防洪。氤氲迪拜，一改驼舟沙海；潋滟多哈，定然柳绿桃红。亚美利加，疆土半成泽国；密西西比，海潮碱化盐城。薰风水汽，翻乌拉尔山歇马；阔叶青草，向西伯利亚安营。冻土开化，谷粱稻菽掀金浪；冰天转暖，黍粟稷麦映碧空。北半球，人间世；天地转，更始中。神龙当与黄河似，华夏自应万国同。高超碧落，智者顺势而为；笑看红尘，君子为而不争。是以乾坤概以心至大，世事皆由道无穷。

① 飞将，指汉代“飞将军”李广。

② 子卿，即苏武，西汉杰出外交家，民族英雄。

③ 昌黎，即韩愈，唐代大文学家，被誉为“唐宋八大家”之首。

④ 羲和，我国上古传说中的太阳女神，掌管天文时令，故事出自《山海经》与《楚辞》等。

⑤ 穆王，即西周第五位君主周穆王，颇具传奇色彩，故事见《穆天子传》。

此赋载于《中华辞赋》2019 年第 12 期

代跋

青山相待　白云相爱，天人无碍　得大自在

——读周家望诗作散记

唐　萌

清代诗评家袁枚提出“性情之外本无诗”，认为性情是诗歌的第一要素。古往今来，多少文人骚客在世间的沧海横流之中独守初心，狷介高昂，以心神为诗，以性灵独创。从周家望先生的诗歌作品中，或可读出古今相契之趣。家望先生曾在《中华辞赋》《中华诗词》刊发多篇诗词作品，读之常常能在情景交融之际，让人品出一种对世态人心的有趣思考。我不由得想起元曲《山坡羊·道情》中的一句“青山相待，白云相爱”，那份与青山白云为伴的从容超脱，那种天人无碍的大自在观，以及那让人敬佩的浩然志节。

境生象外　妙达禅机

行吟，是古今诗家创作常态。家望先生的诗也多在旅途中俯仰拾得。从他的新作里，我领略了诗人眼中的灵隐之味、大觉之禅，感受到文澜阁的落寞、西泠印社的沧桑，体味了内蒙古的草海沙洲、北部湾的银滩冠岭，身之所历，目之所寓，境生象外，结于笔端。《大觉寺逢春有感》是周家望先生京郊之行的游历之作，是一首“以游见物，以物见道”的上佳之作——

早春时节已伤春，岂是花催白发新？
柳碎残云心照水，日裁长影鸟惊人。
山行古径来禅院，池起虹光掩世尘。
一刹千年圆大觉，穷通利钝俱非真。

众所周知，大觉寺是京西著名的千年古寺，以山泉甘冽、古木丰茂、殿庑恢宏而闻名。此诗记述了诗人在早春禅院，由伤春而悟出禅机至理的心境。在一个寻常的早春时节，新生白发的诗人却已有了暮春时的伤春之感，哪里是伤春？分明是感叹韶华远逝、顾花自怜之意。柳丝划碎了池水中倒映的云彩，日头高起裁短树影

惊飞小鸟，本为春日常景，在此时却相由心生，化物于情，“心照水”“鸟惊人”，用得恰到好处。这样的早春之伤，仍在紧扣首联；颔联起到了“承”的作用；颈联一“转”扣到寺上，讲到千年禅院通幽之古径、虹光入目得掩俗世之凡尘；尾联“合”在“大觉”，原来伤春、伤己，都是虚妄。禅机荡涤了一颗久在尘俗的心，此刻的“正觉”才是真正的“大觉”，实乃即景又应心。一座以花闻名的大觉寺，在家望先生的诗中诗趣几层翻转，禅机多于花语，相比众多赏花惜春之作，诗境似更胜一筹。

洞察世情　诗有别裁

一朵无名的山花，一株优雅的古玉兰，夏天被蚊子叮出的一滴血，骄阳下一块爽口的冰……这些“人人眼中有”的“小东西”，都能在周家望的笔下生长出新的姿态。于是生活的细碎平淡会变得饶有兴味，成为一种诗兴。这一刻，他让我们体会到一份诗歌特有的别趣。

游春诗的禅趣未已，炎炎酷夏又冒着热气儿来了。赏春赏花是诗文的经典主题，那么，夏日的诗呢？喝一杯冷饮，啜一口冰，解暑三分。家望先生诗中的这口小

小的冰，也饮出了非凡的人生境界——

游世贸天阶小饮

热风吹大暑，天地一蒸笼。
月隐霓光外，人游海市中。
书楼通柳绿，酒肆映灯红。
清兴惟冰啜，露蝉或与同。

这样闷热的夏夜，在北京生活过的人都有体会。北京的夏天没有习习凉风，也没有充足水汽，经过一天烘烤，到了傍晚，这个“蒸笼”的温度已经达到了极致。加上世贸天阶熙熙攘攘，人头攒动，可谓人海热浪如赴汤镬。繁华市肆汇聚了年轻一代的梦想，各色商铺林立，各种潮流元素碰撞，让人兴奋，让人躁动，这是真正的喧嚣闹市。来一杯冷饮吧，加冰！一块冰啜在口中，暑热顿消，快意非常。而在这闹市之中，这一口清露不仅拂去了暑热，还饮出了“露蝉清饮”之意。昔日曹植《蝉赋》写出了蝉之高洁：“栖高枝而仰首兮，漱朝露之清流。隐柔桑之稠叶兮，快啁号以遁暑。”蝉，栖高枝，饮清露，高洁耿介。而曹丕在《典论·论文》中所说的“不做良臣之辞，不托飞驰之势，而名声自传达于后”，也正是“蝉”的个性。这不正是诗人的内心自况吗？生活中夏日漫游的常见片段，暑热喧嚣闹市中的一杯冷饮，居然喝出了高士之心，殊为不易。如果说，托物言志是诗家有意工于诗，我想，家望先生则是以寻常生活为诗，不假雕饰而自成境界。这或许就是“抱朴无为，不以物累其真，不以欲害其神，则物自宾而道自得”[①]的人生吧！

体味诗趣　古法新声

诗歌在唐代取得了举世瞩目的辉煌，成为中国古代文学的典范。宋元以降，诗坛论诗常有“祧唐宗宋”或“尊唐抑宋”之说。诗人创作时欲意追摩，在不断仿写、化用古诗，甚至是同题吟咏的创作实践中，日益重视诗道传统。在周家望看来，“做格律诗要遵古不泥古，要意境超拔而不出律，这才是诗之正道”。的确如家望先生所言，韵脚、平仄、格律全然不顾，只凑来五言、七

① 见《老子》三十二章：“道常无名，朴。虽小，天下莫能臣。侯王若能守之，万物将自宾。”王弼注曰：“抱朴无为，不以物累其真，不以欲害其神，则物自宾而道自得。”

言，拼得四句、八句，遑论“律诗”“绝句”“长短句”呢？但若仅仅做到了“不出律”，便是木雕泥堆，全无新意，味同嚼蜡，哪里称得上是“诗”呢？只有在“不出律”的基础上，做到“意境超拔”，言人所未言，感人所未感，方算得一窥诗之堂奥。我们以周家望的《文房》为例，简析律诗之法——

毫端斜卧矮云床，讪笑砚田行墨忙。
臂搁水丞争走马，裁刀镇纸胜游缰。
泥金散放千山菊，雪浪推开万里霜。
案上春秋成大统，老夫聊发少年狂。

诗题为“文房”。其实通篇读下来，竟然是像《玩具总动员》那样的动画片一样有趣：首联破题，“毫端斜卧矮云床”是说毛笔懒洋洋地躺在笔山上，讥笑墨条在砚池中忙忙叨叨地磨墨。以下三联就在这样的情趣中铺展开来。颔联中写到竹制的“臂搁”与青瓷的“水丞”在书案上争先恐后，木“裁刀”和铜“镇纸”在毡子上撒开了欢。“争走马”对仗“胜游缰”，趣味盎然而又了无雕痕。颈联中，“泥金纸”铺出一片金黄，仿佛千山秋菊绽放;“雪浪纸”展开一片银白，如同万里秋霜。黄白二色，以“千山菊”“万里霜”作比，在色彩上给人以强烈的画面感和灵动感。尾联则巧妙借鉴了鲁迅先生“躲进小楼成一统”的意趣，宕开一笔，点出书案上的“各位大侠”各显神通，俨然江湖一统。诗到此，意却未止，诗人自己捅破窗户纸，套用东坡名句“老夫聊发少年狂”来结尾，读来令人会心一笑。这不正是作者想要表达的人生态度吗?

如此有趣之作，在家望先生笔下随处可见。例如这首《游湖》——

吐水鱼儿分句读，推波湖草展花笺。
堤为镇纸桨为笔，闲倚春山做一篇。

鱼儿吐出的水泡，诗人看作是文章的标点符号；波浪推着湖中的水草，如同展开了一张花笺；长长的堤岸就做镇纸吧，拿起船桨当笔，斜倚着暖暖的春山，挥就一篇得意之作如何?作者独特的艺术旨趣，给明山秀水增添了几分灵动。在《燕客游杭》一诗中，作者写到:“滴翠孤山完胜笋，斜飞酥雨不输花。”对仗之工，比兴之妙，意境之美，可直追唐人。在西湖岸边用作楹联，亦可称佳作。而在《北燕南飞》一诗中，作者用拟人的方式描写候鸟南迁：“秋雨西风白露天，星程万里意南迁。单飞紫燕真豪气，不用行囊不用钱。”在这里，单飞的紫燕简直就是独行的“驴友”，而且胜过“驴友”，因为紫燕万里南飞“不用行囊不用钱”。

历史是人类发展活动的记录，诗歌则是人类心灵活动的载体。一次次蓦然回首的情动，一段段温情脉脉的话语，一件件感人至深的故事，似乎都能走进家望先生的心中。“姮娥若是思乡梓，千古缘何不下凡？”“古来倾五柳，几个与陶同？”如此不羁的诘问，显示出诗人独有的才情。而“天荒地老尽虚无，何惧身心一世孤！且向光阴磨剑气，数杯蕉叶笑浮屠”的心境，则体现出诗人对生命理解的旷达。

周家望先生是一位用心生活的人，人生的味，生活的美，世间的善，他不曾辜负。魏晋南北朝时期的文论家刘勰这样来形容文学创作：“山沓水匝，树杂云合。目既往还，心亦吐纳。春日迟迟，秋风飒飒。情往似赠，兴来如答。”山水云树、春风化雨，皆为自然的馈赠，你既然看到了它们，它们也一定看到了你，当你把心托

付它们时，它们回赠给你的，便是这人间最美的诗章。

愿家望先生“古心常向清宵寄，枕上欣逢孟浩然”，一生兴至、情至，与诗为伴。

此文载于《中华辞赋》2021年第6期

作者系北京师范大学博士后，中国古代文学专业讲师。